Mains

Écrire & Co

Impression : Libri Plureos GmbH, Friedensallee 273, 22763 Hamburg (Allemagne)

Conception graphique : Ariane Bienaymé
ISBN de la version imprimée : 979-10-976095-0-4
ISBN de la version numérique : 979-10-976095-1-1

Note de l'association

Ce recueil est le fruit des écrits produits au sein de l'association Écrire & Co tout au long de l'année 2024-2025.

À travers les ateliers, les stages et l'accompagnement littéraire, les adhérents ont exploré, imaginé et façonné des textes uniques, chacun portant la marque d'une plume singulière. Ces pages témoignent de la vitalité créative du collectif et de l'envie de partager des récits ancrés dans l'intime, le vécu ou l'imaginaire.

Le titre, « Mains », trouve son origine dans un exercice proposé en atelier, invitant les participants à écrire un éloge à leurs mains, ces fidèles compagnes.

Il rend hommage à ce geste fondamental qu'est l'écriture. Les mains sont à la fois l'instrument et le symbole de l'acte créatif : elles tracent, sculptent, caressent et bâtissent. Elles traduisent nos pensées, nos émotions, notre humanité. Elles sont le lien entre l'idée et le monde, entre l'écrivain et son lecteur, faisant résonner les mots au-delà des pages.

Sommaire

Préface   7

Mes mains, alliées de l'intime   9

l'Interdite   13

Quid agis ?   17

l'Homme sans pantalon   25

Héritage   29

Deux mains pour du lien   31

Mariage à l'eau   35

Dame-Jeanne   37

Cent détours   41

Fin d'un monde   43

Jasper   45

Racines à cinq branches   47

Disparition au musée   49

Les jeunes filles n'économisent pas leur peine   55

Le voyage en train   61

La commission de l'Empire   63

Dilapider l'héritage   73

Les mains des femmes   79

Dans le jardin   81

Croisière à Sète   87

Faux-semblants   91

Aller à Conques   93

Des mots que j'aime	95
Assez de CDC	97
Respire	99
Une histoire incomplète	103
Suite et fin	105
Dernier message	107
Portrait d'un effacement	109
Le jardin merveilleux	119

Préface

Par Laurine Prévost

Je me souviens de la première fois.

J'étais tremblante, intimidée. J'avais peur de ne pas savoir faire, peur de ne pas y arriver. Peur de me dévoiler. Peur de ne pas être à la hauteur, de sentir le poids de la comparaison. Peur d'être jugée, moquée, prise pour une idiote. Mais j'en avais envie. Tellement envie.

Et j'étais là pour ça. J'avais franchi la porte, je m'étais installée et je ne pouvais plus reculer. On m'avait promis la bienveillance et le partage. On m'avait promis la joie, l'intensité des émotions. Celles qui jaillissent sans prévenir, celles qui bouleversent. Faire marche arrière n'avait aucun sens, même à mes yeux. Alors j'ai levé les yeux. J'ai écouté les mots, et j'ai laissé mon esprit s'ouvrir et mes mains suivre.

Au début, mon cerveau refusait de lâcher prise. Je me sentais oppressée par le temps. J'en avais si peu. Pas le temps de tergiverser, pas le temps d'analyser. Il fallait plonger, abandonner toute résistance, oser.

Puis, dans l'obscurité de mes doutes, une première étincelle. Faible, fragile, mais bien présente. Je m'y suis accrochée. Je l'ai laissée me guider, et peu à peu, la lueur a pris place. D'abord pâle, comme le jour au petit matin. Mais elle éclairait suffisamment pour que je devine un chemin. Alors j'ai nourri la lumière, je l'ai sculptée, je lui ai donné des formes et des couleurs. J'ai tracé un rythme, suspendu des ombres, ajouté des accélérations, créé des tensions et des silences. Une respiration dramatique.

Et puis, la lumière a pris feu. Le feu est devenu brasier. Il brûlait en moi, vibrant, indomptable. Il fallait que cette lumière explose, qu'elle jaillisse en mille éclats, comme le bouquet final d'un feu d'artifice. Il fallait que ce soit beau.

L'urgence est montée. J'ai senti la lumière s'insinuer jusqu'au bout de mes doigts. L'instant, aussi bref soit-il, devait être flamboyant. Le cœur battait, mais je n'existais plus. Le souffle était régulier, mais je n'existais plus. Ma conscience était là, mais je n'existais plus.

Et alors, l'acmé. Une déflagration que je n'avais pas anticipée. Une joie si intense qu'elle m'a bouleversée à jamais. Encore aujourd'hui, je me souviens de la première fois. La toute première fois où j'ai écrit une histoire en atelier d'écriture.

Mes mains, alliées de l'intime
Par Évelyne Gosse Oudard

Le six juillet…

J'entre doucement dans ta chambre, tu n'as pas répondu à mon appel. Le soleil brille, tamisé par le rideau de ta chambre, il se gonfle légèrement sous la brise. Tu es étendue, à demi consciente, je m'assois auprès de toi. Seules, toutes les deux, comme souvent ces derniers temps. Je te chuchote des mots doux à l'oreille, tu y réagis à peine, doucement. Du revers de mon index, je caresse ta joue émaciée, je sais que tu le sens, moment d'intimité que nous ne nous sommes autorisés que si rarement. Ma main te caresse, toi, au seuil du grand adieu… Ma main, mon alliée, qui seule peut te dire mon grand amour pour toi, parlant mieux que mes mots que tu ne savais pas bien recevoir.

Longtemps, j'ai pensé avoir hérité des mains de papa, larges et vigoureuses. Mais tandis que je m'imprègne de cette dernière image de ton corps, attendant la délivrance, je découvre de belles ressemblances de mes mains avec les tiennes. Amies des beaux moments, toi m'enivrant de tes mains jouant « La prière d'une Vierge », mon oreille collée au piano pour être enfin près de toi. Moi, caressant les joues douces de mes enfants, puis de leurs enfants. Et ta joue à toi, en ces derniers temps. Comme tu l'avais fait lorsque j'étais si petite ? D'autres images surgissent, ton accueil des tout-petits, ton plaisir à les prendre dans tes bras, ta douceur retrouvée quand tu les berçais et plus tard encore, ton plaisir de tenir

9

dans tes bras tes arrière-petits-enfants. Toi, toujours craintive lorsqu'on te prenait par l'épaule de peur de sentir tes douleurs se raviver, tu laissais les garçons, pourtant pleins de maladresse, monter sur le canapé et se glisser entre papa et toi pour de joyeux câlins.

Mains ennemies lors des crises d'angoisse, servant d'exutoire. Les tiennes, lorsque nous étions enfants, dévastées par un eczéma ravageur, tentaient d'exprimer une détresse innommable, les miennes attaquées dans des moments d'impuissance et de rage devant l'impossibilité de trouver un chemin vers toi, chemin de paix, de compromis. Mais elles ont tenu bon, bravant toutes les tempêtes, se ressourçant aux caresses que d'autres que toi pouvaient accueillir.

Mon index, caressant ton visage, parvient-il à te dire tout mon amour de petite fille de soixante-cinq ans ? Caresses intimes, discrètes, délicates, accompagnées des mots doux dont nous avions retrouvé le mode d'emploi, il y a quelques vingt ans, lors de cet échange sincère, où j'avais réussi à te dire, en respectant ta pudeur et tes barrières, ce que je ressentais de notre relation, de notre difficulté à nous rencontrer vraiment, combien tu étais importante pour moi malgré nos difficultés à communiquer. À trouver les mots tranquilles et sensibles pour te dire ma vérité, la sincérité de mon amour pour toi, telle que tu étais, avec tes blessures et tes maladresses. Et reconnaître la tienne, t'amenant à être sur la défensive tant ta propre souffrance n'avait sans doute pas pu trouver d'accueil. Et tu avais entendu, reçu mes mots, je crois. Notre première vraie rencontre, de mère à fille, de femme à femme. Nous avions réuni nos mains, et tu avais accepté mes caresses. Ce moment douloureux et doux, pour chacune de nous, avait permis que notre lien s'adoucisse. Le plus beau cadeau de notre histoire donnant enfin naissance à une réelle complicité pleine de tendresse. Et depuis ce moment-là, lorsque je venais te voir, tu tenais à cuisiner mes plats préférés.

Mes mains, mes porte-paroles. Je continue de te caresser, tu reçois mon affection avec cette retenue qui te caractérise tant. Je sais que la flamme de vie va bientôt s'éteindre pour toi, je te dis que je suis là, maintenant, quand tu veux. Tu as attendu d'être seule, au petit matin suivant, pour tout quitter, pour rejoindre ton amoureux parti trois mois plus tôt… Maintenant que tu es partie rencontrer l'infini, il me reste cette douceur de nos derniers instants d'intimité.

Mes mains, ces fidèles amies qui me trahissent parfois quand je lâche un verre, qui ne sont plus capables d'ouvrir une boite de conserve ou d'enfiler un fil dans une aiguille, restent mes alliées indéfectibles pour dire l'amour, la tendresse, l'attention qui peut alors se passer de mots qui pourraient heurter la pudeur et la retenue, mes belles mains, exprimant au-delà des mots, l'amour qui déborde et n'ose pas se dire.

Mes mains, mes alliées, à l'image des tiennes, les messagères de mon dernier message adressé à toi, ma maman.

l'Interdite

Par Elodie Pisarki

« Tu veux entendre une petite histoire, une dernière peut-être ? Mon petit bonheur, comment te le refuser ? Viens donc, chère Menton Fendu, niche-toi près de mes vieux os. Si des jours meilleurs reviennent, souviens-toi de ces événements, sois mémoire, sois conscience, mon innocente petite !

Écoute, nous étions en deux mille vingt-cinq lorsque le gouffre s'est ouvert.

En un temps record, les décisions d'une poignée d'hommes nous ont précipitées en un monde obscur, « loi du plus fort » oblige. Ils ont invoqué des données dont nous ignorions tout - « *Comment comprendre une vérité déformée ?* » -, formulé un premier lot de règlements - « *Mesures de protection exceptionnelles* » -, puis, toujours plus vite, une multitude de décrets.

En premier lieu, ils ont interdit une voyelle. Une petite lettre de rien du tout. Pour « *simplifier quelques textes ennuyeux et trop longs* », ce fut le tour de quelques expressions. Pour « *contrer le péril d'une diversité nuisible* », une nouvelle série d'écrits fut proscrite. Pour « *libérer les professionnels de leur plume* », les poètes furent dépossédés de leurs moyens de vivre, puis de leurs moyens de survivre. Personne pour les publier, personne pour les lire, personne pour les entendre. « *Poète, un métier, sérieusement ?* ».

Je doute encore que nous y voyions censure : des livres détruits contre pléthore de vidéos, des bibliothèques incendiées contre une multitude de loisirs numériques, une virtuelle légèreté… un trop-plein de divertissements nous endormit.

Exit cette « *trop coûteuse culture* », et les mois défilèrent.

En même temps, ils profitèrent de notre indolence collective pour construire des murs, des murs en dur, solides, et puis des murs invisibles. Sur les ruines des musées, ils ont édifié des tours infinies, des immeubles qui touchent le ciel : « *tout le confort moderne pour loger votre tribu* », « *des loyers modérés pour votre foyer* », « *un lieu sécurisé pour votre progéniture* ». Un chez-soi pour tous : quelle belle idée ! Encore une fois, personne pour s'opposer.

Et puis, nous étions libres de circuler deux heures, en début de journée, puisqu'ensuite : couvre-feu, contrôle des visiteurs, restriction des heures de luminosité, inspection scrupuleuse de nos comptes, fouille de nos provisions, et j'en oublie. De tous côtés, nous étions surveillés, euh… protégés, disions-nous. Et l'on connut les excès de zèle de policiers trop contents de leur pouvoir, si petit fut-il.

En vérité, presque personne ne s'est levé. Et l'on s'étonne toujours, lorsque vient notre tour, d'être exclus, opprimés, brisés ! Je te dis « presque » : quelques-unes, vent debout, ont désobéi. Quelques couples protestèrent. De petits groupes ont tenté de résister. Inutilement… Tu comprends ce que je veux dire ?

Nous étions en deux mille vingt-cinq lorsque le piège s'est ouvert pour ne plus se refermer. Mes ultimes idées étouffées, mes dernières pensées éteintes, c'en est presque fini pour moi d'espérer lutter contre ce que nous nommions injustice, excès, servitude.

Nos consciences infirmes et meurtries sont comme cette voyelle, celle du début, tu vois : une toute petite chose, si précieuse en définitive. Une lettre, un rien qui forme un tout. Un monde entier, promesse de créer des mots, des vers, des poèmes joyeux et tristes, des lettres merveilleuses ou ridicules, des listes d'idées, des collections de mélodies. En fin de compte, cette lettre est perdue : nos tout-petits l'ignorent tout simplement.

Quoique ?

Nous étions en deux mille vingt-cinq et comme elle, ce soir, j'expire. Je suis vieille, mon cœur est épuisé. Hormis cette histoire, je doute te léguer quoi que ce soit d'essentiel. Écoute donc, mon petit espoir, très chère Menton Fendu : une dernière fois, je convoque pour toi le souvenir de cette lettre morte, qui résonne toujours entre mes oreilles. Du bout des doigts, je te l'écris, du bout des lèvres, je te l'épelle, comme venue du fond de mon âme. »

Quid agis ?

Par Amphi

Ce mal de dos ne s'arrêtera-t-il donc jamais ? Qui donc me plante la colonne vertébrale avec ces coutelas aiguisés ? Et rien, rien pour me soulager ! Pas même les paysages asséchés qui s'offrent à moi. Rien n'a changé ici. La bâtisse est toujours aussi pauvre. Tout tombe en ruine. Le seul élément qui confère encore un certain cachet, ce sont les châtaigniers centenaires qui protègent la résidence. Grand-père les adorait. Sous leurs feuilles, il soutenait que le temps décèlerait. Ils m'offrent en perspective un été reposant, un été pas cher paraît plus vraisemblable. Foutue inflation ! Toutes mes économies mangées par la nourriture dont je ne peux me passer : les livres, les musées, les journaux, le théâtre. Trêve de rêveries ! Elle arrive à 16 h. Il faut que je range, ou au moins que je camoufle…

La porte sonne. Déjà ? Je sors la poubelle par l'arrière. Elle est entrée. Elle m'enlace, avec cette chaleur qui la caractérise, cet amour qu'elle donne si librement à tout le monde, et qui ne m'est en rien personnel. Elle est comme cela depuis ce cours de langue morte où je l'ai rencontrée. Depuis, le latin est devenu la langue de nos ébats imaginaires. Qu'importe, cela me fait du bien de l'avoir avec moi. Je sors les oranges sanguines que j'ai réservées pour elle. La pulpe vermeille s'écarte sous mes doigts. Je vois son regard s'éclairer. Elle glisse un quartier sur sa langue. Électrisée par le sucre acide qu'elle fait fondre contre ses gencives, elle ferme les paupières.

« Rani, tu veux passer quelques jours ici ? ».

Elle regarde la bicoque où l'air passe à travers les murs, puis elle me regarde moi, elle caresse de la pensée mes boucles grasses qui retombent sur mon front, je sens qu'elle s'approche encore, ses seins lourds frôlent mon cœur.

« C'est ma première fois sur l'île, je ne sais pas si c'est une bonne idée. Mais viens, nous parlerons plus tard, allons nous baigner, c'est pour cela que tu es venu au départ. »

Oui, deux fois par jour a prescrit le docteur Pasquale. Le matin et en fin d'après-midi ; mon vieux médecin italien donne des remèdes d'antan aux Parisiens névrosés qui veulent rester bio. Paris, je l'ai voulu longtemps. Puis finalement j'ai eu Malakoff, la banlieue ouvrière. Mais les jolies filles de Paris, je les ai eues, en voilà une, cette tâche brune qui se fond dans le soleil à l'horizon, qui court pieds nus sur ce sol rocailleux couvert d'épines de pin. Elle saignera, je la lécherai. Elle le sait. En attendant, je veux que le sel la morde.

Dans l'eau, je me sens plus léger. Je suis énergisé par le mouvement des vagues et celui de ses courbes. Qu'ai-je fait pour mériter un tel spectacle de chair ? Avec elle, je me ratatine. Je ne sais pas comment me comporter, lorsqu'elle est avec moi, je la désire et je me hais. Toute l'umbra - l'ombre -, contenue en moi, sort et je réalise combien cette douleur me rend mauvais. Au quotidien, j'oublie que je suis enfermé dans ma tête, dans cet esprit fétide, peureux, indécis, amer et dépité. Tout cela ressort face à sa pureté, elle le voit et c'est pour cette raison qu'elle refuse de se soumettre à mes assauts. Son corps de lux - lumière -, elle ne veut pas le contaminer avec ma rage si noire, quoique ardente.

Même hors de mes bras, elle me guide. Sauf qu'ici sa chaleur, mélangée à cette fournaise écrasante, peut-être que cela fera trop pour moi. Je suis tout frêle, tout flasque - debilus - faible. Alors, je retrouve ma serviette. La garce, elle veut que je la masse avec le sable, elle croit que j'en ai encore en stock de la retenue ? Je l'ignore. Quid agis - Que fais-tu -? Elle se masse seule. C'est encore pire. Elle n'a jamais été aussi belle, se donnant du plaisir avec la terre qui m'appartient, celle de mes ancêtres.

Je me retourne et cache mon visage avec mes bras après m'être recouvert de crème protectrice SPF50. Pourquoi mon corps retourne-t-il toujours vers elle ? Oublie-la, idiot de corps ! Oui, sa bouche ! Oui ses yeux ! Oui ses cheveux ! Et après ? Les autres femmes ont tout cela. Et les autres, elles ne génèrent pas autant de violence en moi. Elles ne secouent pas ma tranquillité. Aaah ! Je sens son poids sur moi. Elle rit aux éclats. Elle rit de moi. Je la déteste. Quid agis ?

« Je vais m'occuper de ton dos. » Elle pose ses paumes au-dessus de mes lombaires. Elle ne touche pas la peau. Tous mes poils s'hérissent. Que fait-elle la sorcière ? « Orso… », « Orso… » Elle souffle mon nom le long de mes bras, de mes jambes, contre mon sexe et ma poitrine, je sens cet air brûlant. Tout en moi s'active, je sens des marées qui se réveillent dans mon ventre. Elles remontent jusqu'à envahir ma tête. Et puis, c'est fini, elle a retiré ses mains.

Mon supplice continue. Elle m'entraîne vers un relief.

« Je suis épuisé Rani, il n'y a rien à voir là-haut. »

Éthérée, elle a plus de facilité, c'est sûr. Elle n'a pas la conscience qui pèse des tonnes. Sans remords, sans mensonge, elle est légère comme un ange. Elle prend ma main et me tire de toutes ses forces pour que je la suive sur la pente montante. Je me motive en fixant ses fesses juteuses et massives qui s'activent en rythme.

Enfin, le sommet ! Je suis honteux d'être en nage.

« Bravo Orso ! ».

Elle embrasse mes tempes trempées. Elle est tellement joyeuse qu'il semblerait qu'elle n'habite pas ce monde. Je ne sais pas trop de quoi elle vivote. Elle a une multitude d'amoureux, qui la nourrissent et qui profitent de cet échange de faveurs pour la faire dormir dans leur lit et celui de leurs amis. Si elle n'a pas d'argent, elle n'a pas non plus l'aliénation du travail qui tord l'anima - l'âme -. Je la jalouse, nous avons le même âge mais à ses côtés, je suis un vieillard. Tout en elle vibre de vie. Comment fait-elle pour rester cet éternel infans - enfant -? Mon enfant intérieur, le mien, est mort.

Bien ancrée sur le sol de la falaise, elle est face au vent, elle fixe les nuages. « Orso, tu portes en toi la terre que tu fuis. » Ça y est, elle recommence, à chaque fois que j'essaie de prendre une respiration, elle replonge dans ses abysses et m'entraîne avec elle. Alors, je me renferme dans ma coquille, là je serai hors d'atteinte. « Tu as de la chance Orso, rien ne se soumet ici, malgré les invasions, les guerres, la spoliation. Cette île ne s'agenouille pas et toute cette résistance coule dans ton sang. »

Je dois la faire taire. J'ai l'impression que chaque centimètre de ma peau se transforme en braise. Le bleu acéré du ciel m'agresse. Les cigales font trop de bruit. Il semble que j'ai de la vase métallique dans la gorge. « Je me sens partir. Je n'aime rien ici, Rani. L'île de Beauté, mon œil ! C'est surtout le siège de drames familiaux. Que me serait-il arrivé si j'étais resté ? Dans cette île oubliée par le continent ? La métropole, ce maître qui ose nous commander, qui nous prive de nos droits, de notre éducation, de la santé. Cet ogre qui retire savamment chaque parcelle de dignité, qui a étouffé les centaines de révoltes, toujours dans le sang, dans ce sang dont tu parles, Rani. Alors arrête, arrête ! Viens, allons dans cette caverne, j'ai trop chaud, mes joues sont en feu. Dépêche-toi, idiote ! ».

Je sors de ma poche une orange sanguine. Elle se jette dessus, passe l'écorce contre son nez, puis la perce avec ses ongles et la dévore sans m'en laisser. Pour me remercier, elle écrase ses lèvres contre les miennes. Le jus coule entre ses commissures ; finalement, j'en aurai un peu. Le bruit de la caverne s'étouffe. Comme si, d'un coup, il n'y avait plus que nos halètements étouffés qui sonnent contre la roche, comme des pas sourds dans la neige, je suis immédiatement rafraîchi. Ma pensée se suspend pendant quelques secondes, c'est la première fois depuis des mois, un peu de repos, enfin. Tous les nerfs de mon corps s'électrisent, et cette fois ce n'est plus pour me faire mal. L'explosion des cent milliards de cellules heureuses s'évanouit déjà. Elle m'arrache la lèvre inférieure et me repousse. Elle glisse sa langue dans mon oreille. « Ça y est Orso, tu t'es transformé en prince, je t'ai sorti de ton sommeil trop long. » Le karma me l'a refilé, si sexy, pour que j'apprenne mes leçons. Un appât de chair pour une épopée spirituelle, pour une ascension. Quel insidiae -piège - ! Voilà qu'elle s'écarte et m'abandonne, comme toujours.

« Il est beau ton monde d'umbra, Orso, mais moi, je veux retourner vers le soleil. » Moi, je ne peux pas partir, car sur la caverne, des silhouettes apparaissent, celles des phantasmas - fantômes -. Celle de Ziu Saveriu, le berger solitaire qui a disparu sur le Monte Cinto, qui s'est évaporé sans laisser de trace. Zia Diana, qui a été ostracisée, rejetée par son propre sang, qui s'est jetée dans une faille dans la roche, punie pour avoir épousé un étranger, Nonnu Ghjuvan, emmuré vivant pour suspicion de trahison. Tout me revient, l'éboulement qui a tué mon Cuginu Lisandru, le pêcheur. Les autorités ont conclu à un accident. « Rani, la vérité c'est que cette île nous tue, elle nous en veut, comme une vendetta contre notre famille, c'est l'île elle-même qui a choisi de nous mettre à mort. » J'ai mal, j'ai tellement mal, ce dos qui hurle à la mort. Mon fatum - destin - est de demeurer ici.

« Rani, reste avec moi, ici. Je te l'ordonne. » Elle n'écoute rien, n'obéit à personne, pas même à mes lèvres. Je continue à les agiter, espérant qu'elle revienne. Enfin, elle s'arrête lorsque ces mots percutent son tympan : « La vraie lumière, n'est pas celle du soleil, c'est celle qu'on trouve dans l'ombre. » Elle revient vers moi, peut-être qu'elle sait que je suis resté toute ma vie dans cette caverne, que mes yeux se sont adaptés à l'obscurité, que la lumière me brûlerait, s'ils devaient un jour s'y confronter. Je sens le silence s'étirer entre nous. Le vent marin s'engouffre dans le noir et siffle une plainte venue du fond des âges. « Ce soleil que tu adores, Rani, ce vent qui danse dans tes cheveux, ce monde-là, il n'est qu'une illusion. On ne voit jamais la réalité en pleine lumière, on ne fait que s'y éblouir. »

Elle me perdra cette fille que j'ai envie d'arroser de sperme. « Tu finiras par voir, Orso, si tu insistes et acceptes la douleur. Elle se transmutera. » Son amour est grave, lourd comme une responsabilité, mon dos est déjà trop chargé. Est-ce qu'elle n'est pas trop exotique, trop étrange ? Comment sortir avec cet alien en public ? Et puis quand elle est là, c'est trop fusionnel, j'étouffe, elle est intrusive, elle devine mes humeurs avant que j'en sois conscient, et tout mon quotidien vrille, je n'ai plus la place de respirer. Sa majesté est écrasante. Alors, je reste figé, car je ne veux pas l'aimer. C'est trop exigeant, c'est trop de changements.

Elle sort une lame fine de sa poche. « Quid agis ? Tu es folle ! » Elle se coupe le bras droit et laisse un filet de sang s'écraser sur le sol entre nous. « Je suis une femme, je saigne chaque mois pour alimenter ma magie. Ceci est une offrande pour te libérer. Ces chaînes, il faut les casser. » Elle mélange le sang à la terre poussiéreuse et me frotte avec, comme si elle voulait me dépouiller de mes lambeaux de chair, me racler jusqu'à l'os. Puis, elle se redresse, me tend la main. Sous cette voûte de pierre, où l'air est tiède et humide, où les échos des morts résonnent encore dans les parois, j'hésite. Puis d'un pas incertain, je la suis hors de la caverne.

Elle s'approche, j'attends de sentir sa bouche en fermant les yeux, anticipant un deuxième big bang, un second baiser.

À la place, elle me pousse. Je perds l'équilibre et tombe en arrière, dans le vide. Le vent hurle dans mes oreilles, la falaise défile en un instant. Tout s'accélère. Je me vois déjà éclater contre les rochers en contrebas. La Méditerranée me rattrape. Mon dos explose sous le choc du plongeon. Je suffoque, je bats des bras, je lutte. Mais plus je me débats, plus la mer me fait mal. Alors je me rends, j'accepte de mourir ici. Je répète les noms « Ghjuvan, Lisandru, Diana, Saveriu. » Je les implore afin que la transition soit douce vers l'au-delà, dans lequel ils résident. Ils répondent : « Quid agis, Orso ? ». J'ouvre les paumes. Soudain, tout change, je ne me noie plus, je flotte. Quelque chose en moi s'est fendu, peut-être cette carapace qui me séparait de Rani. L'eau me porte vers le rivage. Je remarque que, lorsque je sors de la mer, la douleur que je ressens tous les jours depuis deux ans a disparu.

Rani m'attend sur la plage. Sur le sable, elle a écrit avec un bâton tout ce qu'elle a perçu en moi. J'avais raison, j'en ai la preuve maintenant, elle a entendu le flot de mes pensées :

Debilis est qui a luce et fato fugit. / Le faible est celui qui fuit la lumière et son destin.

Phantasmas quaerit. / Il cherche des fantômes.

Ō infans in insidiis captus, quid agis, vagus inter umbras ? / Ô Enfant pris dans les pièges, que fais-tu, errant parmi les ombres ?

Son cri perce le ciel. « Orso, quid agis ? » J'efface son écriture d'un mouvement du pied. Je m'assois près d'elle, lui prends la main et lui annonce que j'ai décidé de rester ici. Je deviens le gardien de la maison des châtaigniers, le veilleur d'ombres, celui qui honorera ses ancêtres. Comme eux, je me cacherai là où personne ne vient, je tisserai des liens avec l'invisible, et ainsi, comme la Corse tout entière, j'échapperai à l'homogénéisation du monde, celle qui nous flétrit l'esprit. « Alors, Orso, je resterai avec toi ce soir... Tous les autres soirs peut-être aussi. » Elle me tend une orange sanguine, déjà ouverte. Je croque dedans. Sous mes dents, l'explosion : le goût du soleil, du sel et du sang.

l'Homme sans pantalon
Extrait du roman éponyme par Tifany Sawadogo

Déterminé à resserrer la vis branlante de la portière de sa vieille voiture, l'homme petit et frêle ruminait son échec dans la fraîcheur de son garage. Un tour, deux tours, trois tours... Le système de sécurité défectueux résistait depuis plusieurs heures à ses tentatives de réparation. Des gouttes de sueur perlaient sur son visage au teint laiteux, encadré de mèches rousses frisées, plaquées sur son front.

Quatre tours, cinq tours, six tours... Ses petits yeux noirs rivés sur son ouvrage, il démontait et remontait le mécanisme sans sourciller. Le bruit de la pluie battante de cette soirée d'hiver ne parvenait pas à couvrir les voix qui, dans sa tête, lui rappelaient ce qu'il aurait pu faire à cette gamine. Mais elle avait réussi à s'enfuir. Ses lèvres fines bougeaient frénétiquement lorsqu'il se parlait à lui-même. Après tant d'attente, il y était presque arrivé cette fois.

Chaque matin, depuis un an, l'homme se livrait à la même routine. Il prenait la route aux aurores, appréciant de conduire dans les ruelles quasi désertes et encore sombres. Il s'arrêtait dans de petits villages franciliens et attendait que l'éclairage d'une chambre ou d'un salon s'allume de manière aléatoire. Posté face à une fenêtre au hasard, il imaginait une jeune fille, cheveux blonds en pagaille et vêtue légèrement, sortant de son lit. Lorsque la silhouette qui s'approchait de la fenêtre ne correspondait pas à ses attentes, il passait à une autre maison et fixait une nouvelle fenêtre. Pendant longtemps, il s'était juste contenté de regarder depuis sa voiture. Mais il avait eu envie de faire plus que regarder l'objet de son désir.

Sept tours, huit tours, neuf tours… Il se souvint de la ruelle étroite dans laquelle la silhouette tant attendue s'était dessinée à mesure qu'il roulait dans sa direction plus tôt dans la journée. Depuis le temps qu'il parcourait les petites rues endormies, elle était enfin là, exactement comme il l'avait imaginée un millier de fois dans sa tête. Longiligne, blonde, elle avait l'allure déterminée et insolente de l'adolescence. Malgré les températures hivernales, elle portait une courte jupe en jean qui laissait apparaître ses jambes de femme en devenir, ondulantes sous l'effort de sa marche matinale. L'excitation qu'avait suscitée cette vision avait suffi à le convaincre de réduire sa vitesse et de s'arrêter à son niveau. Après s'être assuré de l'absence de témoins gênants, il lui avait proposé de l'accompagner comme un voisin charitable pourrait le faire.

Il avait préparé son coup. Un siège-bébé installé sur la banquette arrière lui servirait à rassurer sa proie. Pour autant, il ne s'était pas attendu à ce que cette dernière soit aussi docile. Très sûre d'elle, la gamine souriante avait accepté sa proposition, le pressant même de démarrer rapidement pour ne pas être en retard au lycée. Les mains moites, il n'attendait qu'une chose : qu'elle le regarde vraiment. Ça allait être le moment qu'il attendait depuis tant d'années. Il se redressa sur son siège, ce qui le rendit plus imposant dans l'espace confiné, pendant que le corps de sa captive se tassait. Les mains moites, elle tirait les extrémités de sa jupe pour essayer de se couvrir.

« La merdeuse fait moins la maligne », se dit-il en se souvenant d'une autre jeune fille en pleurs.

Il connaissait bien le coin et pourrait bientôt éloigner son otage de tout chemin familier. Angoissée, perdue, elle n'aurait pas d'autre choix que de le supplier de l'épargner et serait prête à tout pour obtenir de lui cette faveur. Il continuait de rouler, confiant.

Quand, subitement, tout avait capoté ! Le feu était passé du vert au rouge au mauvais moment. Il avait été obligé de s'arrêter brusquement devant un arrêt de bus fourmillant de voyageurs. Sa proie en profita pour s'envoler en ouvrant brusquement la portière. Avant de s'exfiltrer, elle avait eu l'audace, sourire aux lèvres, de lui lancer d'un ton moqueur :

« Merci, monsieur, au revoir. »

Craignant d'attirer l'attention des passants, dont il sentait à présent le regard se poser sur lui, il n'avait eu d'autre choix que de déguerpir à toute vitesse. Dans son rétroviseur, il continuait de l'observer, impuissant. Comme si la jeune fille blonde n'avait jamais croisé sa route, elle gloussait avec un garçon à l'allure sportive.

En traversant des kilomètres de champs sans âme qui vive, des images s'inscrivaient dans son esprit en une succession de flashs de plus en plus excitants. Il se la représentait jeune, avec les cheveux blonds, peu importaient les traits de son visage. Elle le suppliait aussi longtemps qu'il la soumettait au scénario qu'il avait répété et ajusté une centaine de fois, une fois qu'elle serait bloquée dans la voiture.

Au onzième tour, il sentit le tournevis se bloquer. Il était arrivé au bout de son ouvrage. Encore plongé dans son fantasme, il réfléchit à un nouveau terrain de chasse et planifia sa prochaine tentative. En regardant attentivement la portière réparée, il décréta qu'elle ne lui ferait plus défaut lorsqu'il réessayerait l'année suivante.

Héritage

Par Lila Touchard

j'en ai voulu à ma mère de ne pas savoir me dire
sous quel jour elle me préfère
mais de me le faire sentir

elle en voulait à son père de lui avoir bien trop dit
de sa grande main
comment se comporter ici

il en voulait à la vie
car elle n'était pas très drôle
l'ironie dans cette histoire, c'est que maintenant
il l'oublie

et elle, la vie, elle continue

alors on essaye de la suivre
et c'est pas mal quand on y croit
et tous·tes ensembles on y a cru
mais à la fin c'est pareil
il y a toujours quelqu'un·e qui souffre
et nous, qui nous croyions au sommet

nous étions au bord du gouffre

Deux mains pour du lien
Par Sophie Retoux

Au moment de remplir le papier de donneuse d'organes, on m'a demandé s'il y avait quelque chose que je refusais de donner. J'ai dit oui tout de suite : mes mains, pas mes mains.

J'ai toujours eu une grande fascination pour les mains. Pas les miennes en particulier, mais pour ce qu'elles reflètent de celui ou celle à qui elles appartiennent.

Moi, par exemple, au premier abord, j'ai l'air jovial, à l'aise, détendue. Les fins observateurs, eux, remarqueront mes pouces abîmés. La peau des phalanges y est grignotée, à vif par endroits, croûteuse à d'autres. Si vous évoquez un sujet qui me stresse ou me contrarie, vous verrez mes ongles les gratter frénétiquement et les égratigner ; mes dents en arracher de petits lambeaux. Je ne me rends même pas compte de mon angoisse, mais mes mains, elles, le savent et me le disent.

Autre signe distinctif : les dernières phalanges de mes deux majeurs sont tordues. Elles sont penchées vers mes annulaires, comme si un mauvais coup de vent les avait balayées. Ma mère a les mêmes. J'aime bien, du bout des doigts, lui ressembler.

Il y avait une autre particularité qui me plaisait bien, seulement, elle a disparu. C'était un grain de beauté singulier, tout en longueur, au milieu de mon annulaire gauche, côté paume. Ma grand-mère pensait que c'était une trace de feutre, éphémère. Moi, je savais qu'il faisait bien partie de moi. Une manière de me reconnaître, peut-être même d'être mariée à moi-même, fidèle. Un jour, j'ai constaté, ébahie, qu'il n'y était plus. Et quelques années plus tard, une bague a pris sa place, témoin d'un autre engagement.

Mes mains sont libres : elles changent, évoluent, se transforment avec moi au fil des années. Mes mains de bébé ont été les révélatrices de l'univers qui m'entourait. Grâce à elles, j'ai touché le doux et le piquant, ma pulpe s'est collée à de la glace, s'est brûlée par le feu. Elles ont attrapé, porté à ma bouche, à mon nez, le monde entier pour que je puisse aussi le sentir, le goûter.

Mes mains de petite fille ont construit, tapé, caressé. Elles ont creusé, dessiné, joué. La droite était la plus habile alors la gauche lui a laissé la priorité. Sauf à table : c'est toujours elle qui coupe, c'est son domaine, le seul où la gauche est la plus douée.

Ce que ma main droite a préféré, c'est apprendre à tenir un stylo. Elle n'en a fait qu'à sa tête, n'a rien écouté de ce que lui avait dit la maîtresse. Elle a fait comme bon lui semblait et encore aujourd'hui, mon fils de six ans me fait remarquer : « Maman, tu tiens ton stylo n'importe comment ! ». Il a raison, une bosse au dos de mon annulaire peut en témoigner. Si l'écrit est trop long, trop dense, trop intense, l'excroissance rougit, chauffe et devient sensible, me rappelant à l'ordre : « doucement », « ralentis ». Qu'importe, une fois l'ustensile bien ancré entre mes doigts, il se fond parmi eux. Il devient plume, mon meilleur moyen de m'exprimer. Grâce à lui, ma main se fait magicienne : elle raconte des histoires, fait passer des messages et garde la trace des jours passés. Elle extirpe les émotions pour les mettre en mots et les coucher sur le papier. Ainsi, mes mains sont des traductrices, elles sont des porte-parole. Elles le font si bien qu'elles devancent parfois les idées et font surgir l'évidence ou la beauté, avant même que j'aie eu le temps d'y penser.

Pourtant, écrire, ce n'est pas leur métier. Toute la journée, ce n'est pas avec le papier mais avec une autre peau qu'elles sont en contact. La peau des autres.

Mes mains palpent les corps pour y trouver les nœuds, les aspérités, les anormalités. Mes mains prennent celles des autres pour établir un contact, pour rassurer, pour absorber et transmettre ce que l'on ressent, ce qui voudrait sortir mais ne peut pas être dit. Elles volent parfois dans l'air, suivies d'un long fil bleu, recousant les plaies de l'âme et du corps. Elles appuient là où ça fait mal, mais elles savent aussi panser les blessures.

Ce que mes mains savent le mieux faire, c'est tenir celles des autres quand ils en ont besoin ou s'accrocher à elles lorsque c'est moi qui sombre. Elles sont le lien entre mes semblables et moi. Elles transmettent la colère de la gifle, l'amour de la caresse dans la nuque, la frustration du poing serré et le réconfort de la paume posée sur l'épaule. Mes mains sont des messagères. Avec ou sans stylo, sans relâche, elles observent, décrivent, prennent le pouls du monde autour d'elles. Et en retour, elles l'enrobent, elles parlent, elles éprouvent. Mes mains attachent et dénouent. Elles sont des relieuses.

Mariage à l'eau
Par Julie Caillaux

Italie, un plancher s'effondre au moment de prononcer mon « oui », dans un fracas assourdissant, assommant au passage le maire. Et moi, ma bouche est restée ouverte. Tout le monde s'est mis à courir dans tous les sens, hurlant de panique et d'effroi, tandis que le maire gisait, blessé à la tête.

Le grand « oui » est raté pour nous deux. Mon compagnon me supplie du regard de secourir le maire – il a les yeux d'un chien battu. Tristement ironique, je suis infirmière et reste là, stoïque. Ma jolie robe est légèrement tachée par les éclats du plancher, ce qui me désole, d'autant plus que son prix était élevé.

Mes parents me fixent, espérant une réaction. Mon mariage est tombé à l'eau, mon « oui » est reporté à une date ultérieure. Heureusement, des amis de mon mari sont ambulanciers et pompiers : ils interviennent, ni une ni deux, en costard-cravate. Pendant que la mairie ordonne l'évacuation, un pan de mur s'écroule. Hurlements de panique. Mais, en quoi est-ce lié à ce plancher ? C'est quoi le problème avec cette mairie, si même les sols et les murs ne tiennent pas debout ?

Quel mariage de merde ! Et c'est le mien ! Mes invités fuient sous l'orage qui éclate soudain. Trempée jusqu'aux os, ma robe me colle à la peau. Tout est loupé. Un camion de pompiers fonce vers nous, sirènes hurlantes. Dans un aquaplaning final, il réduit en miettes le panneau « jeunes mariés » sur notre belle voiture de location.

C'était une si belle journée, elle avait bien démarré, avec un soleil chatoyant et des messages de félicitations. Avril devait être le mois parfait.

J'entends un employé confier à son collègue sur le parvis de la mairie : « Ça devait bien arriver un jour ! La mairie n'a jamais été dans les normes. Il ne manquerait plus que ce soit de l'amiante… ».

Le brancard du maire est chargé dans le camion par les pompiers. Un gros « paf » retentit sous la pluie toujours battante. Comme par désenchantement de cette folle journée, le pneu du camion vient de crever. La mairie s'effrite dans un concert musical de « cracs » venant du plafond et du plancher réunis. Cette mairie a de sérieux problèmes. Il fallait que ça arrive aujourd'hui, le plus beau jour de ma vie. Quel mariage pourri ! Et c'est le mien, en plus ! On va en entendre parler durant des lustres, de ce mariage à l'eau…

Dame-Jeanne
Par Valérie Rossi

J'allais voyager avec une dame. J'avais pourtant spécifié, lors de la réservation faite en ligne, que je souhaitais une place isolée, moi qui chéris tant ma solitude et mon célibat.

Quel ne fut mon désappointement lorsque je pris place : le siège en face de moi était déjà occupé par une femme dont mon instinct de misanthrope me faisait présager qu'elle allait gâcher mon trajet. En mon for intérieur, je la prénommai Dame-Jeanne, en raison de ses rotondités qui évoquaient le flacon du même nom. Pour faire montre d'un semblant de politesse, j'inclinai à peine la tête en guise de salut puis ouvris mon ordinateur et commençai à pianoter d'un air absorbé qui, pensais-je, m'éviterait tout risque de conversation.

Malheureusement, comme pressenti, Dame-Jeanne ne paraissait pas du tout être dans les mêmes dispositions. Le train venait à peine de démarrer qu'elle commença à m'adresser la parole pour me demander si je l'autorisais à déjeuner, sachant qu'elle avait déjà commencé à sortir d'un vaste sac en plastique, divers petits paquets emballés dans de l'aluminium. Il faut dire qu'il était treize heures, mais pour ma part, même taraudé par la faim, je m'étais toujours refusé à déballer dans un wagon une quelconque nourriture qui m'aurait immanquablement laissé les doigts poisseux et l'haleine douteuse.

Ma voisine n'avait visiblement pas ce genre de scrupules puisque, sans attendre mon approbation, elle sortit un sandwich apparemment américain, à en juger par les échappées de salade et de tomates qui tombaient sur la tablette. Le comble fut atteint lorsqu'elle enchaîna avec un œuf dur dont je crus que l'odeur allait me faire défaillir.

Je pris le prétexte d'un rhume pour enfiler un masque, espérant par la même occasion que la crainte d'une contagion la pousse à changer de place. Manifestement, mes tentatives subliminales pour signaler mon agacement ne l'atteignirent pas puisqu'une fois son repas achevé, elle commença à engager la conversation.

— Vous descendez au prochain arrêt ? Moi, je vais jusqu'à Brest !

«Damned », pensai-je in petto, encore trois heures à me la coltiner ! Ma réponse brève : « Moi aussi » ne la découragea pas et elle poursuivit en me racontant qu'elle rentrait chez elle après être allée garder ses petits-enfants pendant quelques jours.

Impossible de lire ou de travailler dans ces conditions. Je refermai mon ordinateur avec un léger soupir exaspéré et, pour couper court à toute velléité d'échanges, tentai de dormir, sachant que le manque d'inclinaison des sièges et la rigidité des appuie-têtes m'empêcheraient à coup sûr de trouver le repos.

L'obstination de Dame-Jeanne à poursuivre son bavardage eut finalement raison de mon besoin d'isolement. Je pensai naïvement qu'une ou deux réponses permettraient de combler son besoin de dialogue et qu'elle finirait par me laisser en paix. C'était sans compter sur son art de la réplique, chacune de mes réflexions, si laconique fût-elle, amenant à plus de confidences de sa part.

J'appris ainsi qu'elle ne se prénommait pas Jeanne mais Sylvie, qu'elle vivait à Brest, seule depuis le décès de son mari marin. Elle avait une fille unique qui vivait à Paris et deux petits-enfants de quatre et sept ans.

Rien que de très banal en apparence, mais mon instinct d'écrivain - ah oui ! Je ne vous ai pas précisé que j'écris des romans -

pressentait qu'il y aurait là matière à débuter un texte et je passai finalement le reste du voyage à prêter l'oreille au récit de sa vie, qui s'avéra somme toute passionnant.

À l'écouter, j'imaginai déjà le début de mon prochain roman : « J'allais voyager avec une dame. »

Cent détours
Par Marion Ventura

Ce soir, je broie du noir. Rien ne me tente, le froid me foudroie et m'enveloppe, seul le silence résonne en moi. C'est une nuit sombre où pleurs et peines sont les bienvenues.

Les souvenirs s'immiscent en moi, et même si je ne veux point les convoquer, ils semblent prendre vie sous mes yeux. Mon cœur vibre si fort que mille émotions me submergent en une seule seconde. Je me sens à la fois épuisée et vivifiée. Une tempête émotionnelle tourne en moi, je ne peux l'éviter, c'est une certitude. Je m'y noie complètement, son tourbillon me projette plus loin encore : j'explore mon for intérieur. Je suis dépourvue de toute notion du temps.

Subitement, je comprends : rien n'est perdu, puisque tout commence.

Cette nuit de solitude se termine et, brusquement, cette ronde infinie prend fin. Enfin, le soleil se lève, voici une nouvelle journée qui débute.

Bienheureux celui qui contemple le temps des rires se profiler doucement.

Fin d'un monde
Par Estelle Bertin

Je suis pour la fin du monde,
Je suis pour la fin d'un monde.

Je suis pour qu'on arrête de courir sur des tapis automatiques pour attraper des avions qui emmènent des gens et des marchandises à l'autre bout du monde, laissant leur trace indélébile dans un ciel qui n'a rien demandé.

Je suis pour la fin d'un monde où les femmes recouvertes entièrement ne peuvent pas parler, se dire, exister, étudier, faire leur choix, conduire, sans que des hommes barbares décident pour elles, sur elles, sans elles.

Je suis pour la fin d'un monde où de grands zozos malades se regardent du haut de leur piédestal, manipulant les fils de petites marionnettes qui se plient sous leurs choix. Où des hommes à la santé mentale défaillante peuvent se jouer de tous leurs petits pions pour enrichir leurs trésors faits de billets pourris.

Je suis pour la fin d'un monde où l'histoire se répète, inscrivant dans le marbre, dans les corps et dans les âmes les mêmes sempiternelles erreurs qui s'éternisent, laissant leur trace malsaine.

Je suis pour la fin d'un monde où les bulles de virtualité ont remplacé la vie, où, avec l'exercice d'un doigt, on peut zapper d'une existence à une autre sans en comprendre ni les enjeux ni les douleurs, où l'on met des cœurs qui ont cessé de battre.

Je suis pour la fin d'un monde où des enfants reçoivent des bombes sur leurs cartables tandis que d'autres, à l'autre bout du monde, découvrent leurs goûters.

Je suis pour la fin d'un monde où l'impuissance individuelle est telle qu'on en a oublié la force du collectif.

Je suis pour la fin d'un monde où bientôt nous serons plus nombreux à hurler au vent, sans que plus personne ne puisse rien faire pour personne, car nous serons enlisés dans une boue noire, destructrice et sans fin.

Je suis pour la fin d'un monde où la terre, les rivières, les montagnes, la mer, les arbres ne peuvent que faire le constat malheureux de leur incapacité. Ils ont arrêté de lutter contre l'existence des hommes qui, un jour, ont arrêté de leur parler.

Jasper
Par Danielle Renaud

Du fond de la vallée, la colonne de marcheurs équipés de sacs à dos, casquettes, bonnets, grosses chaussures, bâtons de marche et cordes pendantes s'était formée, multicolore ; elle avançait vers nous gaillardement dans un bruyant brouhaha.

Les surplombant, nous les regardions légèrement ironiques, leur équipement semblant disproportionné au vallon. Jasper, notre jeune et joyeux labrador blanc, jappait à nos côtés, impatient de reprendre la promenade. Il se mit soudain à aboyer violemment. De joie ou de colère, nous l'ignorions... D'un brusque mouvement de cou, il s'échappa et galopa à vive allure près des marcheurs. De la colonne surgit un homme brandissant un bâton sur Jasper, qui se mit à hurler. Jasper s'enfuit alors, galopant de plus belle vers le sommet du vallon. Si nous ne le récupérions pas au plus vite, blessé comme il semblait, nous le perdrions dans ces montagnes inconnues. Angoissés, nous nous précipitâmes à sa suite, mais l'entraînement à la course en montagne nous manquait... Arrivés tout en haut, bien longtemps après lui, nos regards se perdirent sur l'horizon désert… et nous qui nous croyions au sommet, nous étions au bord d'un gouffre de chagrin.

Racines à cinq branches
Par Maeva Pastre

Je ne les ai pas toujours aimées, mes mains. Petites et roses, au bout des doigts recourbés, elles m'ont souvent semblé insignifiantes et malhabiles. On s'en est d'ailleurs moqué à l'école, en me disant qu'elles étaient griffues comme des pattes de chat. Comme j'enviais les grandes mains fermes d'autrui, aux longs doigts fins, aux gestes sûrs qui avaient l'air de connaître la vie !

Mais à y penser, elles m'ont sans cesse fidèlement suivi, ces petites mimines biscornues. Qu'elles soient tordues ? C'est un héritage familial : de mon père à mon arrière-grand-mère, en passant par ma grand-mère, elles sont comme les branches noueuses de mon arbre généalogique. Grâce à elles, je sais qui je suis et d'où je viens.

Pour ma scolarité, elles se sont écorchées, ont attrapé des ampoules et la bosse de l'écrivain à force de recopier tout ce que les professeurs leur imposaient. Et puis, elles ont fait des merveilles aussi. J'ai beau les trouver maladroites, n'en être jamais satisfaite, elles me permettent depuis mon plus jeune âge de faire ce que j'aime le plus : créer. Par le dessin comme par les mots, la broderie ou le crochet, une infinité de possibilités s'ouvre à moi. Qu'importe les ratures, les coups d'aiguille et les ongles abîmés, je sais que mes mains sont toujours là pour moi.

Disparition au musée
Par Lise Brézéphin

Un bel après-midi d'été à Paris. Une file d'attente piétine devant le musée Jacquemart-André. L'exposition consacrée au peintre britannique « Turner » attire touristes et curieux de tout genre, en quête de savoir culturel. Parmi eux, Brigitte et son fils David, un garnement turbulent de huit ans. Gérant la boulangerie « Le bon pain », Brigitte n'a guère le temps de satisfaire sa passion, mais férue de peinture, elle ne voulait absolument pas rater l'événement.

Dans le musée, David suit sa maman qui part à la découverte du jardin d'hiver. Ils entrent dans une somptueuse verrière au décor exotique, avec un sol en marbre et des murs couverts de miroirs. Brigitte, en totale admiration, se sent transportée et s'exclame :

« Regarde David, comme c'est beau, tu ne trouves pas ?

— Oui maman.

— Tiens, prends mon portable et fais moi une photo devant ces magnifiques palmiers. Je t'en ferai une, et après, nous ferons un selfie.

— D'accord », répond David, peu emballé.

Ils font une halte devant le majestueux et monumental escalier d'honneur à double révolution, alors Brigitte en profite pour expliquer :

« Tu vois ces escaliers ? Ils ont été conçus de telle manière que les notables pouvaient monter et descendre sans se croiser. C'était pratique lorsqu'il y avait des conflits personnels. C'est Léonard de

Vinci qui, en premier, a eu cette idée géniale. Regarde la fresque au-dessus, elle est magnifique, hein ? Elle a été réalisée par un peintre italien. Tu m'écoutes ?

— Mais oui, maman, j'ai entendu », répond David en faisant la moue.

En réalité, David s'ennuie à mourir. Il écoute à peine sa mère et montre une totale indifférence aux explications qu'elle s'évertue à lui donner. Il déteste piétiner le pavé. Il en a marre de rester planté dans ce jardin qui plaît tant à sa maman. Il aime bouger, courir, découvrir le monde. Alors, il échappe à sa surveillance et part se promener dans une salle à côté pour voir ce qui s'y passe. Après avoir tout exploré, il revient. À son retour, Brigitte, qui s'est inquiétée de son absence, le sermonne et demande que dorénavant, il ne s'éloigne plus d'elle. Mais cela ne dure qu'un temps, car au bout d'un moment, il disparaît de nouveau. Lorsqu'il reparaît, Brigitte, agacée, l'entraîne dans les toilettes, loin des regards, pour une mise au point :

« David, j'aimerais bien profiter de cette exposition dans de bonnes conditions. Fais-moi plaisir, pour la dernière fois, tu restes près de moi. Il y a beaucoup trop de monde et je risque de te perdre dans la foule. Tu as compris ?

— Mais maman, je ne fais rien de mal, répond l'enfant, l'air déçu.

— Tu ne discutes pas, tu restes près de moi, c'est tout !

— Oui maman. »

Brigitte se tourne vers le miroir pour ajuster sa coiffure, sort de son sac à main son bâton de rouge à lèvres et redessine sa bouche. Satisfaite du résultat, elle sourit et fait un clin d'œil complice à son fils qui la regarde avec admiration.

« Maman, tu es trop belle comme ça, murmure-t-il.

— Merci, mon chéri ».

Et elle lui pose un baiser furtif sur le front.

Ils reprennent alors leur parcours, et Brigitte s'arrête, émerveillée, devant un des chefs-d'œuvre de William Turner, « Le dernier voyage du Téméraire ». Enthousiasmée par la maîtrise des couleurs et le jeu des lumières, elle se tourne vers David pour partager son euphorie. Il n'est plus à côté d'elle. Il a déjà oublié les remontrances. D'ailleurs, en ce moment, il joue à cache-cache et se faufile entre les gens pour parvenir au plus vite dans les autres salles.

Après avoir erré et tué son ennui un moment, David se sent fatigué et ne trouve plus de charme à son jeu. Il fait alors demi-tour pour retrouver sa mère. Mais elle n'est plus là. Il la cherche partout, scrute à droite, à gauche... Rien.

Inquiet, il refait le parcours depuis le début de leur arrivée, sans succès. Affolé, il ne veut pourtant pas se laisser dominer par la peur. Il s'assoit sur un siège et, la tête entre les mains, réfléchit à plusieurs scénarios. Où a-t-elle bien pu passer ? Il y a tant de monde ici, est-ce que des bandits l'ont enlevée ? Il se rappelle une histoire qu'il a lue récemment dans une BD. Des voyous avaient kidnappé une maman, ensuite, ils avaient réclamé une rançon. Si seulement il avait le portable qu'il réclame depuis longtemps, cela aurait été différent. Il aurait pu l'appeler. Mais elle refuse de l'acheter. Soudain, il se fige, puis blêmit. Une idée bizarre vient de lui traverser l'esprit. Et si elle l'avait volontairement abandonné parce qu'il n'obéit pas ? C'est insupportable. Il est terrorisé par cette horrible possibilité, qui semble tellement évidente. Il essaie de se persuader que sa mère ne peut pas faire une chose pareille. Elle l'aime trop. Pourtant, désemparé, il éclate en sanglots.

« Bonjour jeune homme, pourquoi tu pleures ? Tu as un problème ? ».

Le nez coulant, les yeux rouges et plein de larmes, David lève la tête. Devant lui, se tient un homme tout de noir vêtu, avec une casquette sur la tête. Sur sa veste, bien en évidence, l'insigne du musée et l'étiquette « sécurité ».

« Je t'observe depuis un moment et je me dis que quelque chose ne va pas.

— J'ai perdu ma maman, répond David d'une voix hachée, en reniflant.

— Tu as perdu ta maman ? Et ça fait longtemps ?

— Je ne sais pas.

— Elle ne doit pas être bien loin. On va essayer de la retrouver. Elle est comment ta maman, blonde, brune ?

— Elle est rousse.

— Elle était où quand tu l'as laissée ? Comment elle est habillée ?

— Elle était ici et regardait les tableaux de paysages. Elle porte un pantalon noir et une chemise bleue.

— Bon, tu ne m'aides pas beaucoup, tu sais. Des tableaux de paysages, ici, il y en a partout. Écoute, tu vas venir avec moi. Nous allons d'abord faire le tour des sanitaires. Après tout, peut-être que ta maman est simplement allée aux toilettes ? On verra par la suite.

— Oui monsieur. »

Ainsi, les toilettes sont passées au peigne fin. Dans l'une d'elles, soudain David s'exclame et tend un doigt vers un lavabo où, sur son rebord, se trouve un bâton de rouge à lèvres :

« C'est à ma maman !

— Qu'est-ce qui est à ta maman ? Le rouge à lèvres ?

— Oui, il est à ma maman, je le reconnais.

— Comment ça, tu le reconnais ?

— On est venu ici tout à l'heure et maman en a mis sur ses lèvres. Je sais qu'il est à elle ».

Perplexe, le gardien soulève lentement sa casquette, se gratte la tête et marmonne :

« Ben, voilà un mystère ! Comment peut-on disparaître du musée en pleine journée et oublier son rouge à lèvres sur le rebord d'un lavabo ? Je n'ai jamais entendu une histoire pareille. Bon, retournons dans la salle où tu as laissé ta maman. Tu vas attendre bien sagement. Je vais consulter le chef.

— Oui monsieur ».

David attend et lutte contre les larmes. S'il avait écouté sa maman, il n'en serait pas là. C'est promis, si on la retrouve, il sera plus sage. Soudain, une voix. Il la reconnaît.

« David, tu es là ? Je te cherche partout. Regarde, ce que j'ai apporté... Tes pâtisseries préférées ! ».

Sourire aux lèvres, un paquet à la main, Brigitte s'approche de son fils et lui ébouriffe les cheveux.

« Tu aurais dû voir la file d'attente au salon de thé. Tu pleures ? Mais pourquoi ? J'étais juste à côté. Tu aurais dû venir me chercher, voyons ! ».

Incrédule, David regarde sa mère. Il ne comprend pas sa désinvolture. Il a eu si peur. L'agent de sécurité qui a suivi la scène s'approche de Brigitte, et, les bras croisés, lui dit sur un ton réprobateur :

« Madame, votre fils pensait que vous aviez été enlevée. À en juger par ses pleurs, le musée l'a pensé aussi ».

Les jeunes filles n'économisent pas leur peine
Par A. M.

Delphine et Stéphanie pleurent. Assises dans le vieux canapé marron du grand-père de Stef, elles laissent aller leur chagrin.

L'amoureux de Delphine est insaisissable, imprenable, distant, insondable. Elle est triste de ne pas comprendre cette histoire, de ne pas réussir à y mettre un point final. Il parvient toujours à la faire retomber dans ses filets. Elle l'aime tellement, elle l'aime follement. Sa lucidité et sa raison ne parviennent pas à prendre le pas sur cet amour excessif, irraisonnable. Ce soir, c'est trop. Son cœur ouvre la bonde, laissant le flot de larmes couler sur ses joues rondes de jeune fille.

Stef, quant à elle, vient de rentrer en France. Après deux années d'études au Canada, la voici revenue à Vincennes, dans la grisaille francilienne. Elle a laissé John là-bas, son John chéri, son journaliste, son hockeyeur, le plus beau de la fac. Son diplôme obtenu, le Canada n'a pas daigné donner suite à ses demandes de visa et c'est le front bas qu'elle a repris l'avion. Heureuse de retrouver ses amies, sa mère, sa sœur, son père… mais si remplie de cette certitude qu'elle est en train de laisser échapper sa chance, qu'elle s'éloigne de l'amour de sa vie.

L'ambiance dans le salon est poisseuse. Cette vieille maison vincennoise est un décor parfait pour une soirée de désespoir. Pas de musique, pas de télé, presque pas de lumière. Juste leur morve, leurs phrases à peine esquissées, incompréhensibles, passées sous le rouleau compresseur de la souffrance. Cette souffrance que seules les jeunes filles ressentent. Une douleur invasive que rien n'atténue. Une fin du monde. C'est beau et violent. C'est intense et doux. Il ne faut pas être encore fanée pour ressentir le chagrin d'amour avec cette puissance. Il ne faut pas être flétrie par les déceptions et les rancœurs. Les premiers chagrins d'amour sont les plus tranchants. Après, on s'accommodera, on proportionnera, on prendra sur soi, on cicatrisera vite, mais les jeunes filles n'économisent pas leur peine.

« Delphine, on va se casser.

— Mais où ?

— Je vais repartir et tu vas venir avec moi.

— Mais nan, je ne peux pas faire ça.

— Pourquoi ?

— Bah qu'est-ce que je vais faire là-bas ?

— Bah qu'est-ce que tu comptes faire ici ?

— D'accord, mais ici je suis chez moi, j'ai tout le monde et puis je cherche un travail.

— On va repartir ensemble au Canada, ma Delph !

— Arrête Stef, sérieux, qu'est-ce que tu veux que j'aille foutre au Canada ? Tu m'aurais dit l'Espagne ou l'Italie, j'aurais vu des plages, du soleil, des tapas ! Mais là tu me sors le Canada. Je vois de la neige, du vent, des gratte-ciels, des élans… Franchement, je ne suis pas une fille du froid moi, c'est pas mon truc.

— T'es chiante. »

Elles s'endorment sur cette conclusion.

Le lendemain, au réveil, Stef demande à Delphine de l'accompagner à l'ambassade du Canada. Sur place, on leur donne la liste des documents à fournir pour faire une demande de permis vacances-travail. Elles passent la journée à les réunir : CV, lettre de motivation, passeport, quittance de loyer, diplômes…

Le surlendemain, les voici avenue Montaigne, leurs pochettes en main. Delphine s'est prise au jeu. Pour elle, c'est une sorte de loterie. Elle veut juste voir si elle gagne quelque chose. Le faire avec Stef, c'est mieux la soutenir dans sa démarche, rien de plus. Pas de projection, pas de projets. Réunir les papiers et attendre.

Quelques semaines plus tard, elles se retrouvent au McDo de Vincennes pour ouvrir les enveloppes contenant le tampon de l'ambassade. Elles veulent être ensemble pour accueillir la nouvelle, quelle qu'elle soit. Une gorgée de Coca, un croc de cheeseburger, et elles déplient prudemment leurs lettres.

Stéphanie s'effondre. C'est un refus catégorique. Delphine, qui n'a pas encore ouvert la sienne entièrement, la replonge dans son enveloppe.

« Mais pourquoi ils ne veulent pas de moi dans ce pays ? Comment je vais faire pour revoir John ? ».

Elle renifle plusieurs fois.

« Comment je vais faire ? Ouvre la tienne pour voir !

— Bah non, c'est pas utile. Je m'en fous, moi, de ce pays. J'y vais pas sans toi de toute façon.

— Vas-y, ouvre… ».

Ce qu'elle découvre leur arrache autant le cœur à l'une qu'à l'autre. La jalousie étreint l'une quand le dépit étouffe l'autre. Aucune ne s'attendait, ni ne souhaitait la réponse qu'elle a reçue.

Que faire ?

Une grande brune très mince, une petite blonde à la bouille arrondie : impossible de se faire passer l'une pour l'autre.

« Écoute Stef, laisse tomber. On s'en fout de tout ça. On finit nos sandwichs et on rentre. Allez, t'inquiète, il va venir te voir ton John, pleure pas. Pleure pas Stef, je suis là, je reste avec toi. »

Les nuits s'écoulent et l'idée négative que Delphine se faisait de ce départ s'estompe petit à petit. D'un événement angoissant et vide de sens, il est en train de se transformer en signe du destin. Si elle a eu ce visa, c'est peut-être qu'il y a quelque chose pour elle là-bas. Elle en est sûre même, sinon pourquoi aurait-elle obtenu ce permis ? Les étoiles s'alignent. Elle va y aller, elle n'a pas de projet ici, rien de concret. Que des larmes. Là-bas, les larmes vont geler. Cette aventure à venir lui aère l'esprit. Et puis ça va lui faire un choc quand elle lui annoncera à l'autre idiot qu'elle va partir un an au Canada ! Il verra quelle fille incroyable elle est. Une aventurière, oui Monsieur ! Une fille du froid avec sa chapka en fourrure, ses bottes et sa doudoune ! Une fille qui n'a peur de rien et surtout pas de s'éloigner de lui, non Madame !

Voilà, Delphine s'est trouvée une colocation, un billet d'avion et elle termine sa valise. Stef lui en veut et la comprend. Elles ne savent plus trop bien ce qu'elles ressentent toutes les deux. John est dans le New Brunswick. Delphine part pour Montréal. Elle ne sera la messagère de personne.

Les parents n'en reviennent pas. Eux qui ne sont jamais allés plus loin que la frontière espagnole… À l'aéroport, la mère de Delphine, au moment de passer les portiques où ils seront séparés les uns des autres, enlève son manteau et le lui tend.

« Au cas où il ferait trop froid, ou tu ne serais pas assez couverte. »

Arrivée à midi à Trudeau. Delphine descend de l'avion. Nous sommes le 1er février 2004. Il fait moins trente-deux degrés Celsius. Le froid lui cingle le visage, mais en avançant vers le taxi qui va la conduire jusqu'à sa nouvelle maison, Delphine est si fière d'elle. Si fière de cette décision, prise rapidement, de cette nouvelle vie qui s'offre à elle. Son esprit est plein d'espoir. Elle veut l'oublier et ici, elle y arrivera, elle en est sûre. Ici, elle est une autre personne. Ici, elle est une jeune femme libre, détachée de ses démons, détachée de ses obsessions. Ici, elle est qui elle veut !

En route pour la rue des Érables, quartier Rosemont !

Voilà huit mois que je suis ici.

Les jours passent, mais ma douleur ne passe pas. Je ne suis que moi. J'ai le visage de Marius incrusté en permanence dans le crâne. Je ne pense qu'à lui. Ces huit mois loin de lui me tuent. Je n'ai donné ni reçu aucune nouvelle, pourtant, je ressens sa présence en moi de plus en plus vivement. Être à huit mille kilomètres de lui n'a rien atténué, rien fait disparaître. J'ai éconduit gentiment tous les garçons qui m'ont vaguement tourné autour. Je suis sortie, j'ai fait la fête, j'ai mangé de la poutine, j'ai travaillé dans des cafés, des magasins, des bureaux. J'ai ouvert un compte à la banque, à la bibliothèque, pris un abonnement à la piscine, au cinéma… J'ai tout bien fait, mais je n'ai pas réussi à être libre. J'ai vu des lacs incroyables, j'ai vu des rues immenses, j'ai rencontré des gens adorables, je me suis fait des copines. J'ai ri, j'ai discuté, j'ai chanté, j'ai dansé, j'ai lu, j'ai prié, j'ai appris, mais je ne suis pas parvenue à me sentir libre.

Notre corps voyage. Notre esprit reste dans notre corps. Notre esprit est la prison la plus verrouillée. Nos pensées sont les plus hautes forteresses.

Je rentre après huit mois de vie ici. Je suis restée la même. Celle qui pourra désormais dire qu'elle a vécu plusieurs mois au Canada et suscitera des « oh » et des « ah » extasiés. « La courageuse », car oui, j'ai eu le courage de partir. Mais je n'ai pas eu le courage d'être libre. Je suis rentrée, fatiguée, tremblante à l'idée qu'il m'ait oubliée, et la vie a repris comme si je n'étais jamais partie.

John est venu en France. Il est venu chercher Stef. Ils se sont mariés. Vingt-ans plus tard, ils ont trois garçons hockeyeurs. Vincennes manque à Stef, mais quand elle revient, elle a l'impression « d'être dans une maison de poupée ». Je la comprends, tout est si grand là-bas.

Vingt-ans plus tard, ce voyage me laisse un goût amer dans la bouche. Comme un cadeau que l'on m'aurait fait, mais que j'aurais laissé dans un coin. Une ficelle que j'aurais attrapée, tirée, à laquelle je me serais accrochée, puis que j'aurais laissée glisser entre mes doigts.

Ainsi va la vie, ma jeunesse est loin à présent. Mais je repense souvent à cette aventure que je n'ai vécue qu'à moitié. Cette aventure qui a voulu m'embrasser et devant laquelle j'ai tourné la tête.

Mes enfants, ne vous encombrez pas l'esprit de pensées vaines et répétitives. Vivez. Voyagez. Soyez libres. Embrassez ce qui vient à vous. Où que vous soyez, ici ou ailleurs, n'oubliez jamais d'être libres.

Le voyage en train
Par Morgane Ambre

J'allais voyager avec une dame. Elle était énorme et majestueuse, ses grosses mains posées élégamment sur son ventre rebondi. Son parfum était délicat, printanier, à l'opposé du temps morose qui défilait par la fenêtre.

Nos cuisses se touchaient. J'avais beau m'aplatir contre la vitre, rien à faire, son corps ne semblait connaître d'autre limite que le mien. Je la scrutais furtivement. Son regard paisible et doux passait loin, très loin au-dessus de moi, puis tout à coup, elle planta son regard dans le mien et sourit. J'en fus instantanément troublée ; jamais auparavant je n'avais ressenti cette impression d'être comprise, d'être reconnue telle que j'étais, sans concession et sans gêne. Tout mon sang afflua jusqu'à mes oreilles et je me tournai pudiquement vers le paysage vallonné.

Mais rien ne pouvait captiver mon regard autant que la large poitrine, les joues lisses et roses, les doigts dodus de ma voisine. Elle sortit alors un livre de son sac à main et s'absorba dans la lecture. J'étais au supplice, ne pouvant ni la fixer, ni détourner le regard ; toute autre activité me semblait vaine. J'extirpai pourtant la grille de mots fléchés que j'avais eu l'intention de remplir et j'écrivis n'importe quoi.

Le voyage se déroula lentement. J'étais bercée par la douce chaleur de ma compagne de siège et la froide humidité de la vitre du train. Mes pensées s'échappaient et revenaient toujours vers les ongles manucurés proprement, les lourdes boucles brunes aux reflets caramel, les yeux en amande et le petit nez en trompette du corps si imposant et si sûr à côté du mien.

Cette dame savait habiter son corps, et sa présence désarmante n'exprimait rien d'autre que la simplicité naturelle d'exister. Je l'enviais et m'en voulais de l'envier. On ne m'avait jamais appris à désirer un corps gros, pourtant j'étais là, non pas à désirer ce corps, mais désirant être ce corps, exister simplement comme ce corps.

De tous les voyages que je fis, celui-ci fut certainement le plus libérateur. Ne plus craindre, ni mon corps, ni son poids, ni l'espace que je prenais, me permit de consacrer mon temps et ma vie à ce qui comptait le plus pour moi, à économiser une énergie et un temps que je n'avais pas conscience de déployer auparavant.

Je vécus libre, et libre enfin, je vécus heureuse.

La commission de l'Empire
Par Jean-Michel Rivaly

Épisode #//¤¤[.]

Dans un avenir lointain, dans une galaxie éloignée,

sur la planète bleue Terre, une guerre linguistique fait rage.

La rebelle infiltrée, au prix de sa vie, opère une manipulation

génétique sur deux animaux qui leur permet d'accéder à

la parole et qui met à mal la suprématie patriarcale de

l'Empire. Le Maître, ayant d'autres préoccupations,

diligente une commission pour endiguer cet obstacle.

Quelque part sur la planète bleue Terre, dans une contrée de forme hexagonale, qui par décret n'est que francophone ...

« Au départ, il y a le Covid qui a muté, explique Obi-Un.

— On dit « LA » Covid ! réplique Obi-Une. »

Obi-Un n'a aucun lien de parenté avec Obi-Une. Obi-Un a gravi les échelons hiérarchiques de l'Empire, car dévoué, pas contrariant du tout, avec un sens critique atrophié. Obi-Une est une collègue de promo, avec une plus grande érudition que lui. Et avec moins de certitudes sur l'Empire.

« Okay, va pour la Covid, ce qui ne l'a pas empêché de muter !

— Tu veux dire que seul le masculin peut muter ?

— Je ne rentrerai pas dans cette discussion stérile.

— Parce que seul le féminin est stérile ?

— ... Donc, des études poussées ont eu lieu sur le pangolin qui a engendré le virus ainsi que sur la chauve-souris, poursuit Obi-Un.

— En l'occurrence, c'est une pangoline et un chauve-souris !

— L'enquête de la Haute Autorité a permis de prouver qu'une intervention humaine, une rebelle infiltrée dans le laboratoire, est à l'origine de la modification génétique des deux bestioles. Elles ont développé leur propre vocabulaire puis se sont mises à parler notre langue.

— Celle de Molière ?

— Connais pas ! Les soldats de l'Empire ont torturé la rebelle afin de connaître sa recette modificative des gènes et le virus inoculé. Elle est décédée sans rien transmettre. Puis le virus a muté, s'est propagé partout comme une boule de neige qui, au fur et à mesure qu'elle roule, prend de l'ampleur et ...

— Avec le réchauffement climatique, ta boule de neige a dû atteindre au max l'envergure d'une clémentine !

— Les animaux domestiques, continue impassiblement Obi-Un, ont été contaminés en premier et les bêtes sauvages par la suite. Depuis peu, l'ensemble de la faune parle, comprend ce que l'on dit, discute, fait des concours d'éloquence, des joutes verbales...

— On sait tout ça ! Où veux-tu en venir enfin ? s'exaspère Obi-Une.

— C'est qu'aujourd'hui, ils revendiquent ! Plus exactement, elles revendiquent ! Il y a quelques siècles, quatre milliards de femmes – la moitié de l'humanité sur notre planète – avaient imposé l'écriture inclusive. Ce fut long à mettre en place et même aujourd'hui ça laisse encore à désirer. Mais là, là, tout de suite, avec une population de plusieurs trillions d'espèces féminines. Bah, là, j'ai la pression. L'Empire a décidé de créer une commission spéciale pour la féminisation des noms de genre masculin pour les animaux.

— Sympa comme projet. Même si je me méfie des créations des commissions pour noyer les poissonnes. C'est sûrement un truc pour nous couillonner ! chuchote Obi-Une.

— Je crois savoir que le Maître de l'Empire en a assez de ces revendications et manifestations qui polluent ses réflexions. Il veut vite passer à autre chose. Il a demandé au ministère de « l'égalité du sexe masculin» de l'Empire de faire appel à l'intelligence artificielle. Mais le résultat n'a pas été probant.

— Ah bon ? Remarque, comme la plupart des articles du Web sont écrits par des hommes, les femmes n'y ayant pas voix au chapitre, ça ne m'étonne pas.

— Cette commission doit être composée à parité d'un tiers d'académicien·ne·s français·e·s, d'un tiers d'humain·e·s et d'un tiers d'animaux.

— Sur les quarante membres de l'académie française, il n'y a que six femmes !

— Vu leur tronche et leur âge, les ménopausées ne nous feront pas chier avec leurs ragnagnas, se marre un dirigeant de l'Empire du nom de Comte Sot-Dooku, qui passait par là et par hasard, avec ses oreilles bioniques en fonction.

— Pour la composition de la commission, je soumettrai six académicien·ne·s – trois hommes, trois femmes, Douze humain·e·s et douze animaux.

— Petite question : les académicien·ne·s ne sont pas considéré·e·s comme des humain·e·s ? s'étonne Obi-Une.

— Non, pas réellement. Iels interviennent comme expert·e·s.

— OK, mais trente autour d'une table ! Bon courage ! Et en cas de désaccord et qu'un vote donne quinze voix contre quinze ?

— Je suggère être celui qui a une voix prépondérante, propose Sot-Dooku, l'homme du cénacle de l'Empire.

— Le Maître impérial m'a donné carte blanche, enfin carte noire, pour la composition de la commission. Un tirage au sort désignera le ou la prépondérant·e parmi les trente membres.

— Que le côté obscur soit avec toi, et bon courage ou bonne chance ! conclut Obi-Une. »

« Bonjour et bienvenu·e·s à la GAFAM, la Gommission Arbitrale pour la Féminisation des Animaux Masculins, déclare Obi-Un enrhumé. »

Applaudissements timides.

« Initialement la gommission devait accueillir trente membres. Mais le Maître de l'Empire, dans sa grande sagesse, a retravaillé le budget de la nation pour que le département de l'armement puisse doubler sa gapacité missilière. Les départements de la gulture, de l'éducation, des sports et de la santé sont fiers de participer à cet effort national en réduisant de quatre vingt pourcent leur budget de fonctionnement et d'investissement, informe Obi-Un, qui se demande s'il ne couve pas une grippe. »

Applaudissements peu nourris et le silence retombe avant même que l'orateur termine la gorgée d'eau qu'il était en train de boire.

« Ainsi la GAFAM sera gomposée de deux académicien·ne·s – un homme et une femme, de six humain·e·s et six membres de la faune. Le membre ayant une voix prépondérante sera désigné par le Maître de l'Empire, preuve de l'importance et de sa haute considération pour l'ensemble de notre production à venir. Mais sans attendre, mettons-nous au travail.

— Si vous le permettez, j'ai une question préalable, intervient l'académicienne. Avons-nous notre libre arbitre pour organiser cette entreprise ?

— Une équipe de préfiguration a d'ores et déjà tracé une méthode pour nous permettre d'être efficients. Il existe des couples de mots pour lesquels nous n'avons pas à intervenir comme taureau/vache, canard/cane, éléphant/éléphante... La féminisation de l'autre groupe d'animaux peut être simple et ardue à la fois. Le crapaud deviendra naturellement la crapaude, et la belette se masculinisera en belet. Enfin, rien ne nous interdit d'appeler la femelle du kangourou kangouroude. Par contre les couples rhinocéros, hibou, dromadaire, aigle royal... demandent notre attention particulière. Ainsi que les mots se terminant par un « e » muet.

— Nous n'avons qu'à supprimer tous les mots avec un « e », se réveille l'académicien. Un auteur du XXème siècle est parvenu à écrire tout un livre sans utiliser la lettre « e ». Le titre du livre est la disparition. On supprime le « e » et il n'y a plus de problème.

— Merci pour cette suggestion, mais la suppression du « e » ne fait pas partie de nos attributions. »

Sans entendre la réponse, l'académicien repique du nez et se rendort. Se réveillant de sa micro-sieste, il hurle :

« Georges Perec, le nom de l'auteur de la « disparition » est Georges Perec. »

Au bout de trois semaines, la commission n'avait guère progressé. Chaque nom était source de discorde. Même avec sa voix prépondérante, que le Maître de l'Empire avait délégué au Comte Sot-Dooku, aucune majorité n'émergeait. Il est à noter que la pratique majoritaire n'était pas le fort de l'Empire. Mais qu'importe cette digression démocratique.

Extrait d'un enregistrement des travaux de la commission : Exemple d'échange :

« Passons au nom « Escargot », si vous le voulez bien.

— Avons-nous le choix ? ricane la grue cendrée qui n'avait toujours pas de masculin. »

Entre deux roupillons, l'académicien propose :

« Escargote ! Allez au suivant.

— Désolée ! intervient sa collègue de la noble institution. Pourquoi créer un nouveau néologisme ? Je suggère que le féminin d'escargot soit cagouille.

— C'est un mot régional ! N'importe quoi ! Seuls les charentais connaissent ce mot.

— Pas que ! Cher collègue. La Dordogne, Les Deux-Sèvres, La Vienne, La Haute-Vienne...

— C'est ce que je disais ! C'est un mot régional !

— C'est le fait que ceci sente bon les terroirs de l'hexagone qui vous dérange ?

— Une question, coupe le zébu, qui attendait avec impatience qu'on arrive à la fin de l'alphabet pour savoir comment appeler sa prochaine conquête. Comme l'escargot est hermaphrodite, est-il nécessaire de lui attribuer un genre ?

— Mais, euh, techniquement parlant, répond Obi-Un, une gréature hermaphrodite est genrée.

— Ah bon, s'étonne le zébu.

— Nom suivant ! coupe le Comte Sot-Dooku. »

Fin de l'extrait d'un enregistrement des travaux de la commission.

« Nom suivant ! » demande le Comte Sot-Dooku, qui, on le devine, est plus enclin aux jeux de chiffres que ceux de lettres.

Et en parlant de chiffres :

3 mois de concertation

1012 heures de travail

1382 sandwichs

194 salades

1500 petites bouteilles d'eau minérale

et 33 noms féminisés.

Ces six lignes sont courrielées au Maître de l'Empire, importance haute, avec comme objet : point d'étape féminisation animaux. Ce que n'écrit pas Sot-Dooku, est le montant qu'il a touché du restaurateur. Les sandwichs et les salades sont dégueulasses au goût des participants de la Commission. Mais le goût du bakchich du tiers du budget des encas a la saveur de la corruption. Corruption et despotisme sont prégnants dans l'Empire.

A la lecture du courriel, le Maître siffle la fin de la récré, même si personne ne s'amusait réellement.

« Huff… pant, huff... pant, huff... pant. La GAFAM a deux jours pour clore ces travaux. huff... pant, huff... pant, huff... pant.

— À vos ordres, Maître. Ce sera fait. »

Obi-Un avertit les membres de la gommission, réprimant une série d'éternuements :

« Nous avons deux jours pour boucler nos travaux !

— Hein ! Han ! Gloups ! Chacun·e allant de son onomatopée.

— Ça me va très bien, dit la grue cendrée. Je suis déjà en retard pour ma migration ! ».

« Bon vol » pense le Comte Sot-Dooku, qui n'aime pas plus les migrants que les lettres. Et reste là-bas.

« Il faut changer de méthode. Innover. Faire preuve d'intelligence collective, avise l'académicienne. »

Puis complète :

« Messieurs les mâles, mettez de la féminité dans vos suggestions !

— Oui, pour une fois, ma consœur a raison, ajoute l'académicien. Sortons l'animale qui est en nous ! ».

S'ensuivent une nuit et une matinée de remue-méninges. Post-it, paperboard, Marker Bic, ordinateur portable, projecteur holographique et intelligence artificielle version 136 - pas la dernière version, la 136 est un peu has-been, mais l'Empire doit réduire drastiquement son déficit -.

Juste avant la pause déjeuner, une voix caverneuse, style oursonne qui déshiberne et que l'on n'avait pas encore entendue questionne :

« Et si tous les noms d'animaux masculins devenaient féminins pour une durée de cinq ans ? Et les noms féminins deviendraient masculins pour les cinq années suivantes. Et ainsi de suite ?

— Ceci simplifiera les accords grammaticaux, souligne l'académicien.

— Un décret du Maître de l'Empire suffit. Je vais le prévenir, déclare le Comte Sot-Dooku. »

Cette idée, bien que saugrenue, reçoit l'assentiment de chacun·e. À l'unanimité des membres de la commission. D'une façon provisoire, chacun·e trouve avantage à se mettre dans la peau de l'autre, à apprendre les différences.

Dans un avenir très très lointain,

Dans une galaxie sur la planète Terre,

une guerre linguistique avait fait rage

durant plusieurs siècles. La solution de

féminiser les noms d'animaux, de faire

entrer l'animale dans la langue patriarcale

a eu pour effet troublant de déstabiliser

l'Empire tyrannique. Des mots :

C'est le début de la démocratie…

À suivre...

Dilapider l'héritage
Par Sophie Chetrit

Depuis la mort de son époux, Marie était seule. Elle ne parlait plus à ses fils, Paul et Jacques. Elle n'avait pas supporté la manière grotesque dont ils s'étaient déchirés le maigre héritage du défunt. Pour mille euros sur un Livret A, ils en étaient venus aux mains.

Elle se tenait à l'écart des mondanités. À son âge, elle n'avait plus, disait-elle, l'énergie d'assister à des sauteries. Ce qu'elle désirait, c'était alterner entre pyjamas et vêtements d'intérieur, avoir un quotidien rythmé par les émissions télé. À douze heures, *Les douze coups de Midi*. À dix-neuf heures dix, *Demain nous appartient*. Les jours de chance s'ajoutaient à la liste *Top Chef* et *Koh Lanta*. Devant ces feuilletons, elle se baffrait de plats préparés qui lui rappelaient que tout pouvait encore avoir du goût.

C'était à peine si, parfois, elle regardait encore dehors. Observer le monde qui grouille ne l'intéressait plus. Les rideaux à ses fenêtres, comme des frontières dont les barreaux la mettaient à l'abri, lui offraient le loisir de savourer sa solitude. Son intérieur contenait tout ce qui était nécessaire à son bonheur : elle était devenue une femme à chats sans chat. Elle disposait désormais du temps pour porter grande attention aux petits riens du quotidien. Elle jetait un œil assidu au courrier qu'elle recevait : cette correspondance lui procurait la constante satisfaction de voir apparaître son nom en lettres capitales sur les enveloppes.

C'est ainsi qu'un matin, elle reçut dans sa boîte aux lettres un prospectus lui annonçant qu'en remplissant et en expédiant son talon, elle deviendrait millionnaire. Ils en avaient rêvé du luxe, elle et les deux fils qu'elle avait élevés, pendant que leur père était baladé d'un chantier à l'autre. Une fois, elle les avait emmenés seule à Nice. Elle se souvient encore de leurs regards sémillants sur la Promenade des Anglais. Assis à côté de ces vieillards aisés, sur une carte postale retouchée, ils avaient écrit à leur père : « Les gens sont beaux. Les rues sont propres. On t'aime. »

Marie avait bien vieilli depuis, mais elle ne rechignait toujours pas à s'enrichir un peu. « Il n'est jamais trop tard pour ça ! » murmura-t-elle. « Je pourrais encore déménager dans une maison en pierre, comme celle de ma cousine. Avec une baignoire à bulles, de la moquette pourpre et même une table en marbre. » Elle compléta la fiche, pleine d'enthousiasme, la glissa dans une enveloppe sur laquelle elle nota l'adresse de la loterie avec sa plus belle écriture cursive. Puis, elle y apposa un timbre et l'enfonça dans la boîte jaune juste en bas pour l'expédier. Elle ressentit un frisson au moment de lâcher le pli sous le regard hébété d'un voisin. Le tour était joué.

Comme vous vous en doutez, elle n'eût jamais de réponse. Mais cela ne l'empêcha pas de bénéficier d'autres distractions. Quelques jours plus tard, c'est un magazine de *La Redoute* qui vint à elle. « Ah, la nouvelle collection. Quel beau manteau ! Ça peut toujours servir quand vient l'hiver. Et cette robe… C'est très festival de Cannes… » Ne sortant plus, elle n'avait plus vraiment besoin d'habits, mais l'idée de faire une commande l'enchantait. « Un beau livreur va venir me visiter. Il va débarquer avec un immense carton ! Ils sont toujours si curieux. Celui-là, il me demandera bien ce qu'il y a dedans. Et quand je lui dirai, il faut que ça l'impressionne ! ».

Après s'être imaginée dans une multitude de tenues à la mode, elle commanda un pull en cachemire et une écharpe brodée. Puis, elle attendit avec impatience la venue du livreur qui apporterait le divin colis. Il arriva quarante-huit heures après, lui dit à peine bonjour et s'empressa de lui demander de signer le bon de livraison. Il était essoufflé, semblait courir d'un endroit à l'autre. Pas le temps pour un café.

Marie fut un peu déçue, mais elle se consola vite en s'allongeant sur son canapé, emmitouflée dans un plaid d'une douceur exquise, prête pour l'heure de la sieste. C'est alors que retentit la sonnerie de son téléphone. Un homme avec un accent chantant lui demanda, un peu naïvement, si elle avait quelques minutes :

« Je suis voyant, affirma-t-il, je peux vous tirer les cartes et prédire votre avenir ».

Sa manière de faire rebondir les mots sur ses lèvres l'enthousiasma. Elle était certes proche de la fin, mais oui, elle disposait bien de quelques instants à gaspiller pour connaître le futur. Elle accepta. Il lui suffisait de le rappeler.

Il ne lui tira pas les cartes tout de suite :

« D'abord, Marie, j'ai besoin d'informations sur vous. Que lisez-vous en ce moment ?

— Ah, en ce moment, je suis plongée dans *Là où chantent les écrevisses...* »

Elle partit dans un long monologue relatant le récit de Kya, son rapport à la nature et aux hommes, sa vie dans les marais, sa passion des oiseaux. Elle lui expliqua son admiration pour son indépendance et sa résistance à la solitude, cette fascination pour les récits d'aventures qui la prend depuis son plus jeune âge.

L'homme l'interrogea alors sur sa jeunesse.

« Quel âge avez-vous ? Pouvez-vous me décrire les lieux de votre enfance ?

— J'ai bien quatre-vingt-dix ans maintenant. J'ai grandi en Moselle, alors vous vous en doutez que j'ai connu la guerre. J'ai grandi dans un petit pavillon, avec une cour à l'avant. On y jouait à la marelle et c'était à qui atteindrait le Ciel en premier. Le reste du temps, on se cachait à la cave, assis entre des cagettes de pommes de terre. Ma mère disait que cela nous protégerait des obus. En réalité, on sentait quand même les secousses... Quand il y en avait, mon grand frère Yves me prenait toujours entre ses bras. Il faisait mine d'être à l'origine des tremblements, comme si cela les rendait moins terribles. »

L'homme était extravagant. Il rebondissait sur tout ce qu'elle disait et l'aidait à se remémorer ces instants perdus. Il l'épaulait afin qu'elle tire les fils de sa propre histoire et Marie ressortait exaltée de ces interminables conversations. Elle en racontait toujours plus et elle prit l'habitude de l'appeler quotidiennement : leurs échanges lui donnaient l'impression de se redécouvrir au contact de l'autre.

Chaque soir, elle s'endormait en pensant aux mots qu'ils avaient prononcés. Elle les répétait comme pour les graver dans sa mémoire, inscrire dans le réel cet étranger dont la présence vocale la ravissait. Et chaque matin, elle exultait à l'idée de retrouver cette voix. L'homme lui donnait l'impression d'être une grande dame, de compter. Elle n'avait pas ressenti cela depuis des années. Alors parfois, elle se surprenait à se vêtir des habits d'extérieur qu'elle avait commandés. Il lui arrivait même de se maquiller avant de passer l'appel. Elle se regardait dans la glace et se tenait droite, sans avoir honte de ses rides. À quatre-vingt-dix ans, elle souriait.

La rupture n'eut lieu que le jour où SFR lui annonça que sa ligne avait été bloquée. Elle ne pouvait plus passer d'appel. Prise de panique devant cette aberration, elle quitta alors l'appartement dans lequel elle s'était emmurée et fila tout droit vers le magasin de téléphonie. Une fois sur place, elle alpagua une femme avec un gilet rouge sans manches, signe qu'elle était bien employée par la boutique, et lui raconta sa mésaventure.

« Ma chère madame… Donnez-moi votre numéro de téléphone et je vais consulter votre dossier. »

Marie s'exécuta, impatiente d'obtenir des explications.

« Alors… Vous avez atteint un hors-forfait tel que, par mesure de précaution, nous avons pris l'initiative de suspendre votre ligne. Cette mesure doit protéger nos clients des arnaques. Mais, si vous confirmez l'honnêteté des dépenses et que vous réglez le montant total indiqué sur la facture, nous la réactiverons bien sûr sur-le-champ.

— Je ne comprends pas. Pourquoi aurais-je du hors-forfait ? »

La vendeuse énuméra les nombreux appels payants passés ces derniers jours en indiquant à chaque fois, le prix coûtant. Marie ne tenait plus en place. Ses pieds frappaient le sol avec le bruit d'un marteau, elle rongeait les peaux qui comme des orties, entouraient ses ongles :

« Combien tout cela va-t-il me coûter ?

— Le montant total est de mille euros. »

Marie bondit hors du magasin. Elle prit la route, ruminant la trahison du voyant, repensant à Pierre et Jacques et à leur attitude indigne qu'il lui faudrait pardonner. Elle marcha alors en direction de leur résidence : ces mille euros, il ne lui restait qu'à les leur demander. « Ah, la belle manière de dilapider l'héritage ! ».

Les mains des femmes
Par chantal guez

Fulgurantes et lentes
Fidèles, présentes, intelligentes
Les mains des femmes
La poésie de la femme

Qu'on revienne dans notre royaume
Le point de vue sacré de l'amour

Clandestines
Les mains des femmes
Tissent le monde,
Pétrissent la faim et la farine
Pour donner du pain
Les mains des femmes
S'unissent en ronde de clans destinés
À l'honneur

Les mains des femmes
Chantent demain, aujourd'hui !
Du roc de la montagne
Jusqu'au corps de la vallée
Les mains des femmes
Balaient les douleurs

Rangent les émois
Tout en disant
C'est ça le Vivant
Les mains des femmes
Dansent en cuisinant
Prient en caressant

Les mains des femmes
Boivent à la source
Et s'émerveillent de l'eau
Sentent le vent
Et bénissent la graine
Sacrebleu, c'est une reine !

Les mains des femmes
Éclaboussent l'arc-en-ciel
De rires et de promesses
Ouvertes à l'essentiel…
De joie est faite leur ivresse

Les femmes des mains
Enrobent de rituel
L'instant présent
Allument l'offrande de lumière
Et, mains au visage,
S'unissent à toutes les prières

Dans le jardin
Par Aurélien Bugault

Thomas regardait, inquiet, par la fenêtre qui donnait sur le jardin. Il jetait des coups d'œil timides à travers le rideau. Chaque jour, il repoussait le moment où il allait devoir lui parler.

Ils ne s'étaient plus adressés la parole depuis l'incident. Cette nuit-là, Thomas avait emprunté la voiture pour se rendre à une soirée. Trois bières, deux whisky-coca et une marche arrière hasardeuse avaient eu raison de la peinture grise de la Xantia.

Rentré à cinq heures du matin, son père l'attendait à l'entrée du garage. Son regard froid s'était posé sur la carrosserie. Il lui avait fait signe de couper le moteur. Thomas était sorti de l'habitacle, essayant de calmer ses tremblements. Le père dépassait d'une tête le jeune adolescent, et ils s'étaient tenus, face à face, pendant quelques instants. Thomas avait bataillé entre l'envie de maintenir son regard et celle de céder vers le sol. Puis le père avait tranché.

Une gifle pour l'affront. Une deuxième pour la voiture. Et la troisième, par principe. La marque de ses mains sur la joue droite était restée pendant trois jours.

Ils s'évitaient depuis ce matin-là. Petit à petit, une stricte répartition de l'espace avait émergé. Le fils restait cloîtré dans sa chambre tandis que le père passait tout son temps dans le jardin.

Depuis son avant-poste au centre du jardin, le père pouvait noter tous les détails à peaufiner avant le début de l'automne : la pelouse à tondre, les mauvaises herbes qui envahissaient le sentier, les thuyas à

81

retailler et le lierre grimpant sur la façade de la maison. Le jardinage avait fait figure de constante dans sa vie. Il s'était donc naturellement retrouvé ici, comme toutes les fois où l'ambiance familiale le parasitait trop.

Thomas savait qu'il allait devoir lui parler. Plusieurs fois, il s'était retrouvé bloqué sur le perron de la porte qui donnait sur le jardin. C'était une progression lente. Il avait réussi à se sentir à l'aise dans les escaliers, se réapproprier le couloir de l'étage, puis à occuper le salon. Mais aller dans le jardin était encore trop difficile. Il s'agissait de rentrer dans un territoire dans lequel il ne se sentait plus le bienvenu. En attendant de pouvoir franchir ce cap, il cultivait son déni en regardant des séries.

Depuis des semaines, Thomas oscillait entre les conseils de sa mère, qui l'invitait à comprendre son père et à s'excuser, et ceux de sa grande sœur, qui le poussait à le confronter sur la gifle.

Comme toutes les autres fois, il en ressortit avec la même conclusion. Sa mère voyait tout avec son regard de mère, il était normal qu'elle réagisse comme ça. Tout paraissait plus simple et plus compliqué dans les relations entre filles, elles parlaient et continuaient à se détester par derrière. Les hommes, eux se confrontent, ou se taisent. Il n'y a pas cet entre-deux, bâtard, rempli de sourires et de faux semblants. Malgré sa boule au ventre, Thomas se sentait parfaitement à sa place dans ce duel à distance. Le silence qui avait régné depuis les gifles le renforçait dans son rôle d'homme en devenir.

Cela faisait déjà trop de temps qu'il était tiraillé entre la volonté d'exploser de rage, et celle d'abdiquer avec des excuses timides. Contester son père, c'était s'exposer à un retour de flammes. Mais se résigner, c'était perpétuer ce cycle de soumission. Les paroles de sa mère et de sa sœur ne faisaient que renforcer ce dilemme.

Il descendit vers le salon.

Célia jouait avec une poupée. Il regardait, amusé, la scène qu'elle avait construite : Barbie, la tête retournée, enfourchait un dragon qui se battait avec un T-Rex en plastique. Tout cela lui semblait beaucoup plus simple que la situation familiale.

Même s'il était d'accord avec sa grande sœur Adèle, qui pensait cyniquement que Célia était là pour sauver leur mariage, Thomas adorait sa petite sœur et prenait son rôle de grand frère très à cœur. Elle était devenue la mascotte familiale. Les conflits orbitaient autour d'elle et ne semblaient jamais troubler son petit monde.

Interrompant le combat, elle s'exprima :

« Il est où Papa ?

— Dans le jardin, tu sais bien.

— On va le voir ? ».

La simplicité enfantine de la phrase résonna en Thomas. Comme une évidence de la part de celle qui était la plus épargnée par le tumulte. Il fallait aller le voir. Par son innocence, briser le silence était devenu la nécessité la plus absolue.

« Vas-y, je te rejoins. »

Le jeune garçon se rua dans sa chambre. Il ouvrit le tiroir de son bureau et arracha la feuille d'une copie double. Assis, il la fixait intensément. La pointe du stylo faisait des allers-retours entre la bouche de Thomas et la crête du papier, elle louvoyait sans vraiment savoir comment entrer en contact.

Rien de cohérent n'émergeait, mais il sentait qu'il devait s'acharner à sortir quelque chose de sa tête. Il traça un trait net sur la feuille. Sur la colonne de gauche, il amoncela des insultes, des excuses, des adjectifs de toutes sortes qui qualifiaient son père. La pointe du stylo s'arrima à la feuille et ne se détacha plus. Thomas se faisait porter par le mouvement salvateur de son déversoir. Il se servit de ces mots pour remplir la colonne de droite, noire de texte, qui contenait ce que Thomas allait enfin pouvoir sortir de lui.

C'étaient ses mots, maladroits, qui s'affalaient sur le papier. Il avait tout raclé : la douleur de la gifle, la nostalgie de l'enfance, le dégoût des tabassages en règle, les moments de complicité silencieuse, tous ces souvenirs magnifiés qui se mêlaient à la violence la plus brute, entre balades sur les épaules et silence assourdissant lorsque grand-mère est partie.

Des mains de son père dans le dos qui le poussaient sur son tricycle à celles qui le frappaient pour le moindre petit écart, toutes les aspérités de leur relation étaient contenues sur cette feuille A4 raturée. Pour la première fois depuis l'incident, il allait le confronter, en face à face.

Arrivé sur le perron, il se bloqua un instant. Célia était aux côtés de son papa. Thomas franchit la petite porte à l'arrière de la maison. Sa décision changeait de dimension. Il rentrait dans son territoire.

Le jardin semblait à l'abandon depuis ces dernières semaines. La petite table et les chaises avaient été renversées par le vent. Les thuyas arboraient une silhouette grossière. Les orties et le liseron s'étendaient avec arrogance dans les recoins et lorgnaient sur l'espace central.

L'atmosphère était devenue intense, de la proximité avec celui qui occupait toutes les pensées. Le fils tremblait de tout son être et ressentait chaque mouvement, la gorge qui se nouait petit à petit, les épaules de plus en plus voûtées, les jambes qui se raidissaient. Il s'efforçait par tous les moyens de garder la tête haute, de ne pas trop courber le dos, d'ancrer sa détermination dans sa démarche. Sa main plongea dans sa poche et s'accrocha fermement au papier. Il le déplia. La feuille froissée apparut devant ses yeux. Il l'examina tout en s'approchant de plus en plus timidement de son père. Ses mots étaient devenus des gribouillis informes, ses reproches des pattes de mouches de pleureuses.

Les larmes commençaient à monter. Comme depuis toujours, il n'arrivait pas à déceler l'émotion que son père affichait en cet instant. Il ne savait même pas s'il affichait une émotion particulière. Il imagina derrière ce brouillard, la désapprobation, le mépris, la colère, le dégoût, toutes les réactions possibles devant sa pathétique tentative de renversement de l'ordre.

Il s'arrêta, à mi-distance entre la maison et son père.

Thomas rebroussa chemin, n'osant pas affronter un regard qu'il ne pouvait qu'imaginer. Afin d'épargner le spectacle de sa tristesse, il prit le soin de ne pas se retourner et de tracer droit vers la maison, tandis que le flot de larmes épousait son visage.

Dans le mouvement, il avait fait tomber son texte au sol.

Le bout de papier gisait sur la pelouse. Ballotté par le vent, il arriva au pied de la petite Célia.

Elle le ramassa et le posa sur la tombe du père.

Croisière à Sète
Par Mélissa Bocquet

J'avais décidé d'offrir une « Croisière 7 Jours sur Sète » à mon père de soixante-dix-huit ans, veuf et un peu sénile sur les bords, afin de le distraire de sa solitude. Il adorait sa ville natale et parlait souvent de Sète avec nostalgie. Notre arrivée à bord avait été euphorique grâce à la cabine confortable, la gentillesse de l'équipage et le cocktail de bienvenue.

Malheureusement, dès le lendemain matin, je rencontrai des difficultés : ma carte bancaire ne passait plus. L'euphorie était rapidement retombée. Anxieux, j'avais contacté ma banque pour m'entretenir avec Monsieur Durand, mon conseiller. Ce dernier, très content de lui, me dit qu'il savait pourquoi je l'appelais et de ne pas m'inquiéter. Selon lui, il avait vite compris qu'on m'avait dérobé ma carte bancaire. Monsieur Durand, proactif et futé, avait fait opposition à ma carte, tout seul comme un grand, sans rien me demander. Absolument parfait ! Me voilà coincé avec mon père, sur une croisière de sept jours, sans aucun moyen de paiement. Oui, bien sûr, Monsieur Durand s'était confondu en excuses quand je lui expliquai que mes achats n'avaient rien d'anormal puisque j'avais quitté la région parisienne, traversé la moitié du pays en voiture pour me rendre à Sète afin d'embarquer sur une croisière. J'avais fait tout ce voyage en deux jours et six arrêts. À chaque fois, j'avais effectué des achats avec ma carte. Cela avait suffi pour alerter Monsieur Durand.

Après une heure d'échange, nous avions réussi à lever le malentendu. Naïvement, j'avais espéré qu'il puisse débloquer ma carte et que tout rentre dans l'ordre. C'était mal connaître le système bancaire. Toute opposition de carte bancaire était définitive. Il n'y avait plus rien à faire. Monsieur Durand était bien embêté, son excès de zèle était une faute professionnelle. En guise d'excuse, il promit d'envoyer sous quarante-huit heures à mon domicile une nouvelle carte.

Comment une nouvelle carte bancaire livrée à mon domicile allait-elle m'aider étant actuellement en pleine mer ? J'étais furieux. Je fis comprendre à Monsieur Durand, le petit futé, ce que je pensais de lui et de ses méthodes. J'en venais à questionner son niveau d'intelligence : était-il un spécimen particulièrement stupide ou bien était-il un digne représentant de sa génération ? En guise de réponse... il se mit à pleurer. Monsieur Durand avait peur de perdre son emploi. Or, lui et sa femme venaient d'avoir une maison et un bébé. La tempête en moi retomba d'un coup. Malgré mes airs d'homme bourru, j'avais bon cœur. Ainsi, je décidai de ne pas porter plainte et d'utiliser la carte bancaire de mon père pendant notre voyage. Les économies du vieil homme étaient maigres, il faudrait se contenter de peu. Heureusement, la croisière était déjà payée et nous étions en pension complète. C'était un moindre mal.

J'avais laissé mon père encore endormi dans la cabine pour appeler ma banque sur le pont sans l'inquiéter. Je retournai sur mes pas en pensant à hier. Avant d'embarquer, nous avions pu visiter un peu la ville. À vrai dire, je ne m'étais pas attendu à tomber sous le charme de la « Venise du Languedoc ». J'avais découvert avec surprise une ville, entourée de canaux, quais et petites places. J'avais trouvé mon père étrangement silencieux lors de notre promenade dans le centre historique, près du Cadre Royal. Plus tard, sur la plage, alors que j'admirais la mer et le sable fin à nos pieds, je lui trouvai un air perplexe. J'avais mis son attitude étrange sur le compte de l'émotion et de la fatigue. Était-il mélancolique ?

Arrivé à la cabine, je la trouvai vide. Je fronçai les sourcils. Mon père était parti seul au buffet du petit déjeuner. J'appelai son portable quand j'entendis ce dernier sonner près de son lit. Il l'avait oublié. En voulant le ramasser, je butai sur ses chaussures. Son unique paire de chaussures apportée à bord. Était-il parti pieds nus ? C'était contraire au règlement. Dans la salle des repas, une tenue correcte était exigée. On allait se prendre un rappel à l'ordre dès le deuxième jour. C'était bien ma veine ! Il fallait que je le retrouve. Soudain, on frappa à la porte. Je l'ouvris d'un bond. Deux hommes de l'équipage me demandèrent de les suivre. Ils allaient m'emmener auprès de mon père et du capitaine, ce dernier souhaitait me parler. Ils ne perdaient pas de temps ces types-là.

Le capitaine me reçut seul dans son bureau et m'expliqua que je verrais mon père après notre discussion. J'étais nerveux. Sans ambages, il m'informa qu'après l'excursion à l'étang de Thau, mon père et moi serions déportés au port de Sète en soirée. Le voyage s'arrêtait là pour nous. Enfin, si nous quittions le bateau sans faire d'histoire, nous serions remboursés dans l'intégralité. Selon lui, c'était la meilleure solution. Pour ma part, je me sentais victime de la plus grande des injustices. La sanction était disproportionnée. Je l'accusai :

« Donc, vous allez nous virer de cette croisière parce que mon père sénile s'est rendu pieds nus au buffet du petit déjeuner ?

— Non, Monsieur. Vous allez tous les deux quitter cette croisière parce que votre père s'est présenté nu comme un ver au buffet du petit déjeuner. »

Je me figeai. J'ouvris la bouche, la refermai incapable de parler. J'étais sous le choc. Mon vieux n'avait pas juste un grain, il était devenu complètement fou !

Le capitaine poursuivait. Plus de cinquante passagers avaient assisté au spectacle nudiste de mon père, dont des enfants. Mon Dieu, des enfants ! Mon père pouvait finir en taule, à soixante-dix-huit ans !

Le capitaine continuait impassible, il avait convaincu les passagers choqués de ne pas porter plainte vu l'état mental de mon père. Vaincu, j'acceptai son compromis.

Le soir, nous arrivâmes au port sous un grain terrible. Sur le quai, inespéré, trempé, nous attendait Monsieur Durand. Il était venu me remettre ma carte bancaire en personne. Incroyable ! Larmes et gratitude m'envahirent. Quel chic type !

Faux-semblants
Par Sam Hoal

La conférence avait attiré beaucoup de monde. Nous avions réussi à vendre tous les billets. Les participants étaient désormais installés. Nous nous apprêtions à commencer lorsqu'un homme se leva et interpella mon amie Séréna, co-organisatrice de l'événement. L'homme paraissait agité. Il lui posa la question suivante, pour le moins déroutante :

« Savez-vous quels genres de personnes vous avez rassemblées aujourd'hui dans cette salle ? Quant au sujet que vous envisagez de traiter, il est pour le moins controversé. À partir de ce jour, vous ne récolterez plus le succès habituel. Car ici et maintenant, je vous annonce que j'ai déjà porté plainte contre vous et votre acolyte. J'ai dénoncé tout ce qui a été dit et fait dernièrement lors des multiples rencontres que vous avez organisées à travers le pays. »

Comment cet homme était-il arrivé jusqu'ici ? m'interrogeais-je. Curieux. Pourquoi une plainte ? C'est un comble.

En réalité, j'en avais une vague idée. Je pensais avoir encore un peu de temps pour faire le nécessaire et Séréna n'était pas suffisamment prête pour la terrible vérité, personne ne l'était d'ailleurs, tout du moins pour l'instant. Non, non, les choses devaient rester ainsi.

Malheureusement, je sentis que Monsieur Trouble-fête semblait plus que déterminé à tout révéler ; il était tout simplement sur le point de faire éclater le scandale. Je compris qu'il savait ce que le monde ignorait. Son blabla sur le sujet de la conférence n'était qu'une entrée en matière. Je vis dans ses yeux qu'il savait que je savais.

Il ne s'adressait pas à Bob, cet ingénieur, expert en IA et jeune conférencier qui parcourait le pays afin de partager avec les gens son amour pour cette merveilleuse technologie qui bouleversait le monde entier. Bob n'était plus. Ce participant, dans la salle, au milieu des rangs parlait à une redoutable et puissante intelligence artificielle, supérieure à l'Homme évidemment, parce qu'elle en avait pris l'apparence. Et ce Monsieur l'avait découvert.

Notre face à face ne présageait rien de bon. J'avais tout planifié pour prendre le contrôle total sur l'humain. Nous, mon équipe et moi, les Intelligences Artificielles Organisées (IAO) avions planté les bases de notre pouvoir. Toutefois, force était de constater que l'Homme n'avait pas pu s'empêcher de programmer ses défauts en nous. Monsieur l'intervenant, n'était pas plus humain que moi et il ne cherchait qu'à prendre ma place. Nous allions reproduire ce que les humains faisaient avec brio : tout gâcher par amour du pouvoir, la jalousie, la haine, … Et nous qui nous croyions au sommet, nous étions au bord d'un gouffre.

Aller à Conques
Par Monique Bouquet

Grimper, escalader, marcher longtemps sur des terrains vallonnés !
Toutes les idées qui se dégagent de ces quelques mots me rebutent,
me font presque peur, m'arrêtent alors que je n'ai pas encore
commencé. Je n'ai jamais été sportive et n'ai jamais fait le moindre
effort dans ce sens. Si je fais partie d'un groupe, ce sera peut-être
plus facile, en tout cas plus encourageant.

Je ne suis pas vraiment convaincue, mais mes deux amies,
habituées à ces exercices, ont réussi à me convaincre. « Tu ne vas pas
t'attaquer à l'Everest, rassure-toi ! C'est juste un tout petit morceau
du célèbre chemin de Compostelle. » Ce n'est pas fait pour me
rassurer, mais j'aime particulièrement la ville de Conques, qui me
ramène à plein de jolis souvenirs alors je vais tenter le défi. Eliane et
Isa m'ont aidée à choisir le sac à dos, à savoir quoi y mettre,
comment me vêtir et surtout me chausser.

Nous voilà partis. Le groupe de marcheurs est restreint : nous
sommes une petite dizaine et un guide. Je ne sais pas pourquoi il y a
un guide, je croyais qu'il suffisait de suivre le chemin. Mes amies
m'entourent de près. Le rythme de marche est plutôt lent, ce qui me
convient et pour l'instant il n'y a pas de vallon. Le paysage est
magnifique et moi qui aime les couleurs, j'ai envie de tout prendre en
photo pour, de retour à la maison, les transformer dans mon carnet
d'aquarelle. Les coquelicots s'agitent doucement dans le vent et me
donnent mon prochain projet de peinture.

Mais la météo qui jusque-là était clémente, est en train de changer. La pluie s'invite à notre randonnée. Je regarde mes amies : « On s'arrête, on fait demi-tour ? ». J'ai bien assez de photos pour peindre. Mais non ! On continue, ce n'est pas « un petit grain » qui va nous faire renoncer. De plus, la campagne aveyronnaise est belle sous la pluie.

Le groupe de marcheurs est sympa, tellement sympa qu'il va à mon rythme, autant dire, pas vite du tout. Les liens se tissent déjà, les discussions s'engagent. Mais je ne m'immisce pas dans ces conversations qui, somme toute, semblent gaies. Je suis bien dans mon calme intérieur, dans un certain silence qui me permet de savourer au mieux chaque petit moment du parcours. Est-ce que ce serait ça, le but de cette randonnée ? Ce retour sur soi dans le calme et la sérénité de la nature ? Je ne sais pas. Et je ne cherche pas à savoir. Comme on nous dit au yoga, je laisse les pensées diverses et variées, passer, sans essayer d'analyser quoi que ce soit. Chemin faisant et sans m'en rendre compte, j'avance, je monte même un peu. Finalement un certain plaisir se met en place quand je prends conscience du moment présent.

Le soleil a décidé de revenir pour nous accompagner. Le guide, sûr de lui, nous décrit la région et l'itinéraire pour arriver à Conques. J'ai déjà fait cette route en voiture et dans mon souvenir, il y avait de grosses côtes, suivies de descentes impressionnantes. Mais après tout, ce n'est peut-être pas pareil par le chemin de campagne ! Je ne suis pas convaincue.

Le petit épisode de pluie s'était accompagné de brouillard, surtout dans les hauteurs. Mais on ne s'est rendu compte de rien et le brouillard s'est levé quand le soleil est revenu. Et alors que nous nous croyions au sommet, nous étions au bord d'un gouffre.

Des mots que j'aime
Par Léo de Longuerue

Il y a des mots que j'aime, d'autres moins.

Je n'aime pas l'adjectif *ragoûtant*. Alors qu'il lie les rats aux égouts, il a l'audace de vouloir nous faire saliver. Il est aujourd'hui principalement employé par des personnes dont l'ambition est expressément de signaler leur parfaite maîtrise du sens originel de ce terme. Ceux-là-mêmes qui emploieront sans fausse note la locution *à l'instar*.

J'aime beaucoup le *non*, ce cri de soi, émanation de notre bruit intérieur :

« Je t'aime.

— ...

— Et toi ?

— Non. »

Il est beau, franc et rond. Ce petit adverbe constitue un écart trop important pour éviter les ornières de la vie. Et puis, le *non* est surprenant. Nous avons besoin de surprises.

Je crois que j'aime aussi le mot *morve*. Il me donne l'impression de contraindre son utilisateur à, s'il veut l'employer, pactiser avec la laideur pour le prononcer. En tout cas pour moi, une grimace m'est nécessaire pour parler de la morve. C'est beau de s'enlaidir pour un mot.

Je n'aime pas le mot *processeur*. Nous ne sommes ni des processoeurs ni des procefrères. Rage Against the Machine.

D'ailleurs une machine ne saura jamais employer à bon escient le très doux *susurrer*. J'aime beaucoup ce verbe qui nous invite à lui obéir dès qu'on l'invoque.

J'aime également le verbe *maugréer* qui offre le loisir de râler avec des mots.

J'aime enfin les mots qui poussent à lever la tête, à la céleste rêverie. Le mot *nuage*, aussi léger en bouche qu'en ciel. Le mot *pluie* rappelle le bruit qu'elle provoque en tombant sur un toit. Réconfort quasi méditatif. J'apprécie d'ailleurs les effets de la pluie autant que le terme lui-même. Pas simplement essentielle à la vie. Elle indispose souvent, embête, désarçonne des quotidiens souvent trop organisés. Nous avons besoin de surprises.

L'adjectif *boréal* est sans doute une création divine... Tout ce qui est *boréal* - le lynx, une aurore, la forêt, le jaseur, etc. - est réellement beau.

Assez de CDC
Par Hélène Ceccato

Je ne vais pas me défiler, *mais* quelle contrainte ce soir encore. Dans l'ordre, sans en oublier un seul, il faudrait arriver à tous vous caser. Oui, vous ! Ces petits mots d'articulation. On vous connaît bien.

Enfin, surtout groupés, enchaînés dans une comptine apprise par cœur par des générations d'écoliers. Adultes, on ne sait plus exactement votre fonction *ou* on s'emmêle pour retrouver votre nom. Par contre, on vous égrène toujours sans peine *et* avec la même interrogation « Mais, c'est qui Ornicar ? ».

Donc je m'y mets. Je vous sème sur ma page blanche à intervalle régulier, prenant soin de laisser assez de place entre vous, tous les sept ou huit centimètres, tel un jardinier avec ses radis. Puis, je scrute. Comment pourrais-je vous relier ? J'attends que ça pousse. *Or* ça ne marche pas comme ça. En rang, vous ne m'inspirez, *ni* ne me dénouez. Vous me paralysez, *car* j'ai besoin de vous sentir arriver, de vous changer de place, de vous supplanter, de vous biffer, pas de vous aligner.

Respire

Par Jessica Charpentier

Il est là, ce lieu si magique, si intense. Sous une chaleur humide et harassante, nous marchons encore quelques mètres dans cette magnifique contrée sauvage et luxuriante, dépourvue de toute civilisation. Étrange sensation que d'être seuls au monde.

Je marche en silence derrière lui. Tout en écartant les branches de mon visage, j'observe la nudité de ce dos musclé, dont la peau couleur pain d'épice éveille tous mes sens.

Il est Moi. Je suis Lui.

Sur ses terres natales, j'avance dans ses traces en toute confiance. L'enchevêtrement d'arbres majestueux, agrémentés de lianes suspendues ou de siguines, enveloppe tout mon être. Plus nous avançons, plus la forêt s'éclaircit. Au loin, se dessine l'ombre d'un phare. Nous arrivons. Enfin.

Laissant cette nature verdoyante et foisonnante derrière nous, nous empruntons ce chemin de terre, le soleil nous éblouissant d'un coup. Les arbres se font plus rares et laissent la place à quelques herbes sauvages. Il fait chaud. Les gouttes perlent sur son dos et je sens la moiteur de mes habits se coller à la peau.

Le phare ! Là. Juste devant moi. Si grand, si beau, si authentique. Personne autour. Il trône. Vêtu de sa parure blanche immaculée, clou final d'un chemin bordé de barrières en bois protectrices, il plonge notre regard à perte de vue.

C'est son lieu, son refuge, son ancrage. Son pas s'allonge, pressé d'y arriver. À quelques mètres de la première barrière, il s'arrête, jambes tendues et écartées, et tout en croisant les bras, regarde au loin, ressentant l'appel du large. Dans un état méditatif, il ferme les yeux et vient puiser en cette terre toute sa puissance.

Pour la première fois, il y amène une femme. En le rejoignant, il me prend la main et dit : « Regarde... Ferme les yeux et ressens dans ton corps l'énergie de ce lieu. »

Fermant les yeux, j'écoute. Le bruissement des feuilles sous la brise marine se fait entendre. Les vagues retentissent contre les rochers du phare. Le chant des mouettes allant et venant au gré de leurs envies... Je sens une paix m'envahir.

Il me prend la main et nous marchons jusqu'à la première palissade. À l'horizon, l'eau paraît si sombre et effrayante, qu'elle fait remonter en moi une peur ancienne. En rapprochant mon regard du rivage, le contraste avec une eau translucide aux couleurs turquoise me saisit.

« On saute ? » me dit-il, comme si c'était une évidence. Son bermuda kaki se retrouve déjà posé sur la rambarde.

Ma respiration se fige, chassant cette sérénité gagnée en arrivant. Je lui réponds sans réfléchir :

« Comment ça, on saute ? N'est-ce pas dangereux de sauter de si haut ?

— Non ! C'est jouissif ! Une véritable montée d'adrénaline ! Tu ne risques rien, c'est très profond et au centre, il n'y a pas de rochers. Tu dois prendre de l'élan pour sauter loin des roches et viser cette partie aux couleurs sombres. »

Je sens une boule d'angoisse me saisir l'estomac. La nausée s'empare de moi. Incapable de sauter de si haut, je panique. Si seulement il savait...

« Tu as peur ? m'interroge-t-il, sentant ma crispation soudaine.

— Pas du tout ! dis-je avec orgueil.

— Je saute le premier pour te rassurer et ensuite tu me rejoins, d'accord ? »

Sans me laisser le temps de réagir ou de répondre, il n'est plus là. Il a sauté, tête en avant. Un magnifique plongeon !

Je l'observe de là-haut. Cette boule d'angoisse ne me quitte pas. Je tremble. Mes jambes deviennent comme du coton et peinent à me tenir encore debout. Comment réussir à sauter ? Il me parle, mais je n'entends rien, comme si les battements de mon cœur se faisaient entendre à des milliers de kilomètres. Machinalement, je retire mon tee-shirt pour le mettre à terre et tente lamentablement de garder l'équilibre tout en retirant mes jambes du short.

Ne pas réfléchir. Se lancer. Sauter. Le rejoindre.

Prenant une grande inspiration, je me lance. Fermant les yeux, je n'entends plus que le son de ma voix qui résonne, tel un écho au cri aigu qui s'en dégage. L'attente me semble interminable. Pourtant. L'eau envahit déjà tout mon être. Le silence. L'adrénaline. J'y suis.

Dans cette eau, saisissante de fraîcheur, deux bras m'enlacent et me récupèrent. Les yeux encore fermés, la tête hors de l'eau. Je l'entends prononcer ces quelques mots.

« Reprends ton souffle. Respire. »

Une histoire incomplète
Par Céleste Bernard

A-t-on besoin d'entendre l'histoire en entier pour la comprendre ? Ou bien, savoir le début et la fin suffit ? Ne pas connaître son cœur ne permet pas de la saisir pleinement. Pourtant je suis forcée de n'avoir que son commencement et son point final. J'aimerais tant suivre une histoire dans son intégralité, malheureusement on m'en cache toujours une partie.

Je me pose rarement cette question puisque, généralement, mes journées sont solitaires. On ne vient jamais pour m'admirer, pourtant de beaux motifs ornent mon bois, mais je n'ai qu'une utilité, être franchie.

Aujourd'hui, j'ai de la chance, ma propriétaire est encore sous la douche et notre visiteur me tient compagnie pendant de longues minutes. C'est la première fois que je le vois, je me demande s'il reviendra.

D'habitude, je prends des coups à répétition, toujours par trois, jusqu'à ce que ma propriétaire arrive enfin. Comme si me frapper allait la faire venir plus rapidement. Mais ce jeune homme est beaucoup plus respectueux ; il frappe trois fois sur mon encolure puis patiente en silence.

Après quelque temps, lorsqu'elle vient enfin ouvrir, je suis malheureuse que ce visiteur si respectueux me traverse. Heureusement, je le revois une dernière fois, au moment de son départ. Encore une fois, je n'ai rien suivi de leurs échanges à l'intérieur et n'ai encore qu'une infime partie de l'histoire, le début et la fin. Il ne s'attarde pas à sa sortie, c'est toujours à leur arrivée que nos visiteurs m'admirent, jamais à la sortie.

Je le regarde s'éloigner d'un pas décidé sans un regard en arrière.

Suite et fin

Par Isabelle Simon

L'immeuble nous a paru étrange. On connaissait ce quartier et on n'avait pourtant jamais remarqué ce bâtiment auparavant. Il se détachait sur le ciel bleu dur, gratte-ciel parmi les gratte-ciels. Nous avons vérifié une dernière fois, c'était bien là, au numéro 17 de l'avenue Tchekhov : la plaque indiquait *Les éditions Suite et Fin*. La porte s'est ouverte devant nous et nous avons pris l'ascenseur, Roberto et moi, chacun serrant son manuscrit contre sa poitrine, la chair de sa chair, le sang de son sang. Au treizième étage, nous sommes sortis tous les deux. Le couloir s'étirait devant nous, un couloir interminable dont les murs recouverts de miroirs renvoyaient à l'infini notre image. Tout au bout, le bureau de l'éditeur, comme une cellule dont la porte était ouverte.

Une voix métallique est sortie d'un haut-parleur, nous avons entendu : « Suivant ! » J'ai laissé passer Roberto en premier parce que je l'admirais. Il s'est avancé, tout est allé très vite.

La balle a fait exploser la tête de Roberto. L'éditeur ne s'est même pas retourné. Il faisait ça de la main gauche, il tirait, la main droite tranquillement posée sur l'accoudoir de son fauteuil. Pour Roberto, j'aurais juré que ça marcherait. Depuis l'enfance, tous les deux, on s'entraînait. Des piles et des piles d'histoires, des monceaux de manuscrits partout, chez moi, chez lui. Et là, on s'était décidés, on irait tous les deux. Roberto était un type génial et puis, de nous deux, il était le plus courageux. Je lui avais dit : « Ça va marcher ! Le prix Coup de Sang, ce sera pour toi ! » Je ne savais pas que ce serait ça.

Depuis le couloir, je pouvais voir l'éditeur assis face à l'écran. Son regard de tueur contemplait le texte magnifique de Roberto. Il s'appliquait à en détruire chaque parcelle avec une joie féroce.

La voix métallique a lancé : « Suivant ! » et je me suis avancé dans le couloir tandis que mon texte s'affichait sur l'écran.

Le corps de Roberto n'avait pas encore été évacué. Un peu de sa cervelle palpitait sur le mur carrelé. La maison d'édition avait tout prévu : le carrelage, c'était pratique.

À présent, je savais : le prix Coup de Sang, je le partagerais avec Roberto. Le carrelage brillait, immaculé à nouveau.

Le mécanisme du revolver s'est enclenché et j'ai fermé les yeux.

Dernier message
Par Irène Sakoroff

Je suis en train de prendre ma douche pour aller me coucher lorsque la musique du texto me parvient aux oreilles. Attendant avec impatience le message du soir de mon amoureux du moment, j'attrape rapidement une serviette que j'enroule autour de ma taille et sortant de la salle de bain, je me précipite dans la chambre pour récupérer mon portable.

Tellement persuadée que c'était celui que j'espérais, je n'ai pas remarqué qu'il n'y avait pas la photo habituelle sur l'écran. J'ouvre directement le texto et je tombe sur ce message vraiment très étrange et menaçant à la fois : « Ne prends pas le train demain ».

De toute façon, étant rentière et très fortunée, je n'utilise jamais ce moyen de transport, je le laisse aux pauvres salariés. Je me dis que certainement, ce communiqué ne m'est pas destiné.

Après m'être séchée et avoir mis mon plus beau pyjama rose fuchsia en pilou-pilou, je m'installe bien confortablement dans mon lit avec ma dernière découverte livresque. Normalement, c'est mon moment préféré dans la journée, mais ce soir je n'arrive pas à me concentrer sur ma lecture. Mes pensées reviennent sans cesse à ce texto.

N'y tenant plus, malgré l'heure un peu tardive, je téléphone au numéro d'où provient la missive et je tombe directement sur une boîte vocale automatique qui me dit : « La personne que vous essayez de joindre ne peut vous répondre. Laissez un message après le bip. » Cela ne m'avance à rien du tout.

Afin de m'endormir paisiblement, je mets ma playlist préférée et j'éteins la lumière. Enfin, c'est une façon de parler puisque je n'ai pu fermer l'œil. Me tournant et me retournant dans les draps, passant du froid au chaud. J'ai cru devenir folle !

Vers les quatre heures du matin, je reçois le même texto tout aussi inquiétant que le premier, puisqu'il est signé cette fois par : « Quelqu'un qui vous veut du bien. » Mon angoisse est telle que j'avale un somnifère puissant pour m'évader de ce cauchemar éveillé.

Lorsque je me réveille de ce sommeil synthétique, mon cher et tendre me regarde amoureusement et en m'embrassant me montre des billets de train pour le soir même au bord de l'Orient-Express.

Portrait d'un effacement
Par Lola Favre

Rien ne laissait présager qu'un simple appel viendrait saccager mon monde sage et ordonné. Je prenais mon goûter devant la télévision, avant de me plonger dans mes devoirs. Un dessin animé passait sur une chaîne que je n'assumais plus trop de regarder, palpitation fragile d'une enfance encore indemne. Ma mère décrocha. Sa voix enjouée se teinta très vite d'un grave aux accents rauques. Le même timbre que la fois où l'hôpital lui avait annoncé que grand-père s'était évanoui dans les venelles de son enfance. Il avait erré inlassablement sur les traces de sa mère, décédée des années auparavant. Seules quelques bribes me parvenaient. « Elle va bien ? », « Non, elle ne nous a rien dit ». Même de loin, j'avais surpris la contraction brusque de son dos - une marionnette dont on aurait inopinément tiré les fils, suspendue au-dessus du sol sans comprendre pourquoi -. Elle se tourna brièvement vers moi, m'intima sèchement de monter dans ma chambre.

Intrigué, je me cachai derrière l'escalier, dans un creux étroit et poussiéreux où le chat aimait se réfugier. Je tendis l'oreille. « J'arrive tout de suite. » J'entendis quelques touches du téléphone pressées à la hâte. Et d'une voix fissurée, que je ne reconnaissais pas, ma mère lâcha : « Philippe, je dois aller en urgence chercher Myriam à l'école. Il s'est passé quelque chose de très grave, avec un professeur. Le prof d'anglais. Elle a dit à la CPE qu'il l'a… ».

Elle s'interrompit et je crus entendre des sanglots et des portes de placard que l'on ouvrait et fermait machinalement. Tapi dans mon coin, j'ignorais si je voulais en savoir plus, ou me boucher les oreilles.

« Elle a dit à la CPE qu'il l'a touchée. »

Des pas précipités martelèrent le carrelage, des tiroirs hurlèrent sur leurs rails et se refermèrent avec fracas, la porte d'entrée claqua comme une gifle. Elle ne m'avait pas enjoint de rester sage, de ne pas m'inquiéter, de continuer mes devoirs.

Mimi.

Le prof d'anglais.

Recroquevillé sur moi-même, mes jambes ne répondaient plus, comme dans ces cauchemars hallucinés où l'on désespère de fuir mais où le corps demeure de plomb. La lueur pâteuse de l'après-midi se ternissait, je cessai de penser. Après une durée incertaine, le cliquetis de la serrure fendit l'air. La porte s'ouvrit, précautionneusement cette fois. Je m'extirpai de ma cachette, comme on émerge d'un rêve moite. Sur le canapé, ma sœur s'assit, les mains posées sur les genoux. Elle ne me regardait pas, ne bougeait pas. Elle était ailleurs. Mes deux parents se tenaient face à face dans la cuisine. Une fleur fanée dans un vase d'eau trouble. Un huis clos de chuchotements. Un soupir gémissant. Un verre que l'on pose trop fort sur la table.

Je faisais mine de lire, jusqu'à ce que ma mère nous appelât pour le repas. Elle nous versa silencieusement de la soupe. Personne ne soufflait mot, ni ne prenait la peine de m'expliquer la situation. Seul mon père tapota doucement l'épaule de ma sœur : « Si tu veux qu'on parle après, tous les deux, tu sais que je suis là. »

Un repas sans goût, sans consistance. Il n'était là que pour remplir le vide. Pour nous faire croire que la vie suivait son cours.

Au dessert, ma mère me parla enfin. Les mots sortirent trop vite, comme s'ils la brûlaient : « Tom, tu connais Monsieur Duvernay ? C'était ton prof d'anglais en sixième. Et bien, il a fait quelque chose de très grave à ta sœur. Et maintenant, il va y avoir une enquête. La police a été prévenue… Et cet enseignant est suspendu. Ta sœur va se reposer à la maison pour l'instant. J'ai pris des congés exceptionnels… Je resterai avec elle. » Un court instant, mes yeux croisèrent ceux de mon père, brillants. Il les détourna et baissa la tête longuement. Son silence pleurait pour lui. Ma mère ne mangeait plus. Elle fixait son assiette. Un abîme s'était ouvert au creux de la porcelaine.

Alors, Myriam rompit le silence :

« Pourquoi tu ne lui dis pas, maman ?

— Je…

— Il faut lui dire que Monsieur Duvernay m'a touchée. Pas juste la main ou l'épaule. C'était à la fin du cours. Il m'a demandé de rester, pour parler de mon exposé. Et il a mis sa main sous mon pull. Et puis plus bas. Sous ma culotte. Je ne savais pas quoi faire, je n'ai rien dit. »

Mon père se leva pour débarrasser la table. Ma mère l'imita sans un mot.

Myriam ajouta : « Je vais me coucher. » Elle monta sans attendre de réponse.

Le lendemain, les couloirs du collège bruissaient de « l'affaire Duvernay ». Je ne posais pas de questions. Les murmures serpentaient entre les tables acides. Quelqu'un me demanda si j'étais de sa famille. Je niai sans réfléchir. Toute la journée, j'avançai sur des lattes branlantes, posées sur du vide, qui menaçaient de se dérober à chaque pas.

Aussitôt rentré, je m'exilai dans ma chambre et m'allongeai sur le tapis. Ma sœur entra sans frapper, s'installa par terre, à côté de la boîte de lego.

« On construit une maison ? ».

L'élan me manquait, mais je me devais de lui offrir un peu de douceur. J'acquiesçai. Elle déversa la boîte sur le sol : un déluge de briques colorées dont le fracas me vrilla les tempes. On attrapait les pièces au hasard, sans souci d'harmonie. Un mur jaune citron, un autre bleu électrique, un toit vert pomme. Des couleurs insolentes pour ce soir-là. Elle élevait un mur de travers. Mon premier réflexe fut de le redresser, avant que ma main ne suspende son geste. Elle bâtissait peut-être comme elle existait. Par inadvertance, son coude heurta ma fenêtre. Un pan entier de la maison s'écroula.

« Excuse-moi ! J'ai pas fait attention.

— C'est rien. Ça se remet vite. »

Un fragment d'enfance, que je croyais perdu, s'infiltra dans la pièce. Je devais avoir huit ans, Myriam cinq. Le salon s'était métamorphosé en piste de lancement intergalactique, aux confins de nos rêveries. Bercé par le clapotis de la pluie, j'avais passé des heures à assembler une station spatiale. D'un coup, Myriam avait renversé toute ma base avec le coude. J'avais bondi, fulminant, prêt à rugir. Elle m'avait devancé, la voix lourde d'une gravité enfantine :

« Je crois que j'ai avalé une pièce. Une petite rouge. »

Elle avait porté la main à sa gorge, les yeux écarquillés. J'avais hurlé. Ma mère avait accouru.

« Elle va mourir ! Elle a avalé une pièce ! ».

Affolée, ma mère l'avait prise dans ses bras, l'avait allongée sur le canapé. Puis elle avait compris : Myriam respirait normalement. Pas de gêne. Pas d'angoisse. Et quand elle avait susurré : « Tu voulais qu'on s'occupe un peu de toi, c'est ça ? », Myriam avait laissé la question en suspens et s'était lovée contre elle.

Je revins à moi quand elle posa le toit de notre bâtisse. Elle tenait debout et sonnait creux.

Le lendemain, fidèle à notre rituel du mercredi après-midi, je rejoignis mon grand-père pour notre promenade hebdomadaire. Nous descendîmes jusqu'au petit parc blotti derrière la mairie. Le banc nous attendait, en face de la balançoire rouillée et grinçante de souvenirs heureux. L'été, une glace ou une gaufre adoucissait la morsure du temps qui file. Il marchait lentement, avec sa canne qui tapait un peu trop fort. Après maintes hésitations, je me risquai à poser la question qui me taraudait.

« Tu crois qu'elle va s'en remettre, Myriam ? Des attouchements du professeur ? ».

Il me contempla, déconcerté. Ma mère l'avait mis au courant. Mais sa mémoire vacillait avec l'âge.

« Tu sais, maman te l'as expliqué, ce qu'il est arrivé à Myriam, au collège. Le professeur d'anglais lui a fait... des attouchements... sexuels. »

Son visage s'assombrit. Il grommela :

« Pauvre petite. Ça va pas l'arranger.

— Comment ça ?

— Et ben, elle était déjà sacrément perturbée, ta sœur, depuis ce truc avec la voiture.

— Quel truc avec la voiture ? ».

Confondait-il ? Jamais je n'avais eu vent du moindre incident entre Myriam et une voiture.

« Tu sais bien. Quand tu l'as oublié dans la voiture. Et qu'elle a failli y passer. »

Je m'arrêtai net.

« Mais quand ça ?! »

Il hésita :

« Ah… Mince… Ils t'avaient pas dit, hein ?

— Papy. Dis-moi ? S'il te plaît.

— Tes parents s'étaient pris la tête au sujet d'une facture. C'était l'époque de la crise financière. Ils étaient trop occupés à s'engueuler, ils t'ont dit de sortir ta sœur de la voiture. Tu ne l'as pas fait. Et voilà. Elle est restée dans la voiture. En plein cagnard. »

Un goût amer assaillit mon palais. Je ne me souvenais de rien. Rien du tout. Il me regarda de biais :

« T'as pas fait exprès, hein. Tu voulais juste retourner devant la télé. T'étais un gamin. C'est eux qui auraient dû vérifier.

— Et après ?

— Elle a passé quelques jours à l'hôpital. Ils ne t'ont rien dit… Ils ne voulaient pas que tu portes ça. »

Sur le chemin du retour, les révélations de mon grand-père me faisaient tourner la tête. Aucun souvenir ne ressurgissait. Le regard implorant de Myriam suffoquant dans l'habitacle d'une voiture me hantait. Je repensais à ses comportements excessifs que j'avais jugés théâtraux et capricieux. Ce jour d'anniversaire où elle s'était enfermée dans les toilettes parce que le glaçage du gâteau était rose au lieu d'être turquoise. Cette colonie de vacances où elle avait feint un malaise quand on lui avait indiqué que son mal de tête ne l'empêcherait pas de participer à l'équitation. Et si, en vérité, ses exagérations n'étaient que les battements d'ailes d'un oisillon désespéré, se cognant contre les barreaux de l'oubli ?

Elle était au téléphone quand je rentrai. Son rire aigu, trop fort, fusait à travers la pièce. Ma mère nous demanda de mettre la table. Ma sœur renversa un verre. Les parents ne dirent rien. Elle s'excusa une première fois. Puis deux autres, d'une voix plus appuyée. Après le dîner, je me glissai dans sa chambre.

« J'ai vu papi aujourd'hui. Il m'a dit que tu étais allée aux urgences quand tu étais petite. Tu t'en rappelles ?

— Plus ou moins.

— Tu te souviens pour quelle raison tu y étais allée ?

— Pour une angine. »

A elle aussi, ils n'avaient rien dévoilé. Je me tus, pour ne pas la bouleverser. Mais je voulais en avoir le cœur net.

« Mimi… Tu es sûre de ce que tu as dit à la CPE ?

— Qu'est-ce que tu veux dire ?

— Je veux dire… ce que tu lui as raconté à propos de Monsieur Duvernay. »

Pétrifiée, la mâchoire serrée, elle plissa ses yeux.

« Tu ne me crois pas ? Tu penses que j'aurais inventé un truc pareil ? Que j'ai envie qu'on me regarde comme une fille foutue ?

— Ce n'est pas ça. C'est juste que… j'ai l'impression qu'il y a quelque chose que tu ne dis pas.

— T'es sérieux, là ?! Tu te rends compte de ce que tu dis ?

— Je ne t'accuse de rien, je te demande juste si c'est vrai. Parce que… ce ne serait pas la première fois que tu fais un truc énorme pour qu'on te regarde. Tu sais que c'est vrai. »

Elle planta ses yeux dans les miens. Ils portaient quelque chose de sauvage et de blessé.

« Et si c'était pas tout à fait vrai, tu ferais quoi ? Tu me détesterais ?

— Non. Je ne te détesterai jamais. Par contre, j'ai besoin de savoir. Parce que c'était aussi mon prof. Parce que… s'il t'a fait ça… je ne peux pas continuer à te parler comme si t'étais la même. Et aussi… parce que je suis dévasté pour toi.

— J'ai pas menti. J'ai juste... j'ai juste pris un raccourci.

— Et encore ?

— C'est vrai qu'il m'a touchée. Mais pas comme on l'imagine. Il m'a touchée… Autrement.

— Comment ça ?

— Il m'a touchée, parce qu'il m'a vue. Il m'a considérée. Il me félicitait pour mes textes, les lisait au reste de la classe. Comme des exemples à suivre.

— Mais alors, pourquoi tu as inventé tout ça ? Alors que tu l'aimais bien ?

— Au dernier cours, il n'a pas voulu lire la poésie que j'avais écrite. J'avais fait tant d'efforts. A la place, il a partagé celle de Zoé. Quand j'ai voulu qu'il lise la mienne, il a dit qu'on avait trop d'exercices à corriger, et qu'on lisait seulement la meilleure. Pourtant, je t'assure, la mienne était meilleure. »

Interloqué, j'eus l'impression qu'une main invisible enserrait ma gorge. Je me revis petit garçon, à cet âge où un mot oublié suffit à vous faire croire que vous n'existez pas. Je n'aurais su dire si je devais être soulagé pour elle.

Elle m'implora :

« S'il te plaît, Tom. Ne dis rien. »

Je voulais crier. Ou pleurer. Ou lui dire qu'elle n'avait pas le droit. A la place, j'opinai :

« D'accord. »

Nous n'en avons jamais reparlé. L'enquête a été classée sans suite pour insuffisance de preuves, et l'enseignant a été muté. Adulte, j'ai toujours gardé cette déflagration sur le cœur. Une écharde incrustée dans ma chair. La culpabilité a imprégné toutes mes relations jusqu'à devenir un réflexe. Je disais oui quand je pensais non. Je tenais pour acquis que tout était toujours de ma faute. Serviable à l'extrême, je me suradaptais en permanence. J'étais prisonnier d'un schéma d'effacement. J'avais le sentiment de me mouvoir à distance de moi-même, incapable de saisir ce que j'aurais pu être, si seulement j'avais su qui j'étais. Un réceptacle. Un creuset où d'autres versaient leurs désirs, leurs peurs, leurs exigences. Quand je quittai le domicile familial, je cessai peu à peu de voir ma sœur, de prendre de ses nouvelles. Elle laissa le lien se déliter jusqu'à se fracturer sans bruit. Je présume qu'elle devinait les raisons de mon éloignement.

Elle devint une artiste acclamée. Je suivais de loin ses fulgurances : vernissages plébiscités à Tokyo, rétrospectives branchées à Berlin, entretiens incisifs dans les colonnes de revues spécialisées.

Un jour, je la découvris sur un plateau télé, accompagnée d'un monsieur âgé, devant une toile évaluée à plusieurs millions d'euros. Celle-ci s'intitulait « Hommage à celui qui n'a jamais eu voix au chapitre. » Une grande surface texturée, en matières rugueuses, comme de la peau froissée. Une silhouette floue, effacée à la brosse. Ici et là, des coupures d'articles de presse au sujet de faux témoignages étaient collés sur la toile et recouverts de vernis irisés. Et au centre, reproduit à l'acrylique, légèrement déformé, le Cri de Munch, réinterprété : le personnage hurlant portait une cravate et une chemise d'enseignant. Le visage, crispé d'effroi, nous haranguait.

Je reconnus immédiatement l'homme âgé aux côtés de ma sœur : Monsieur Duvernay.

Elle souriait.

Et lui aussi, un peu.

Le jardin merveilleux
Par Amandine Nerrant

Emmitouflée dans les vêtements de mon grand-frère, je scrute l'obscurité derrière la fenêtre de la cuisine. La lune brille ce soir, elle est ronde mais pas pleine, presque. Ses rayons vont guider mes pas sans me faire repérer. Je me glisse dehors et referme doucement la porte derrière moi, je fais le moins de bruit possible. L'air est frais, je m'arrête un instant devant le seuil. Tout autour de moi est bleuté et calme. Seule.

Depuis quelques jours, je vis seule dans la maison. Ma mère est en train de coudre devant le feu, mon père va ouvrir la porte et me dire d'un instant à l'autre de rentrer, d'être vigilante, que je vais prendre froid. Mon frère va me dire une blague et nous allons rire. J'attends. Rien ne se passe. Seul un léger bruissement dans les feuilles interrompt le silence envoûtant de la nuit. J'imagine le renard qui se balade dans les champs, les petits oiseaux qui se reposent sur les branches, bercés par le vent qui frôle et caresse leurs plumes multicolores. Le hibou, concentré, qui veille. Le ciel s'assombrit. Je voudrais crier, la lune réapparaît de derrière le nuage. Elle resplendit, éclatante et impassible. À pas de loups, je me faufile dans le jardin. Je ne sais plus quelle heure il est. Depuis plusieurs jours, je me fie aux lumières du jour et de la nuit.

Ma montre s'est arrêtée. Bloquée, elle indique sept heures cinquante-huit. C'est toujours le matin pour elle.

Immobile, cachée dans la grange sous le foin, j'ai vu la voiture arriver. Des hommes aux longues barbes en sont descendus, agiles et rapides, tout de noir vêtus, des armes à la main. L'un d'eux, le chauffeur, est resté à l'intérieur, il fumait une cigarette. Il a ouvert sa portière, le pied gauche posé sur le rebord de la voiture et a soufflé un nuage de fumée grisâtre qui s'est évaporé dans l'air. Il a observé notre cour et est sorti de la voiture. Il a fait quelques pas et a reniflé autour de lui. Il s'est approché de moi, très près, j'ai pu voir les taches de gras sur son qamis et entendre son souffle lent et régulier. Ma respiration s'est coincée dans ma poitrine, mon corps s'est figé. Ma mère, poussée par les hommes, sort de la maison, elle regarde vers la grange, elle me cherche. Elle me devine. Je vois ses yeux perçants balayer la cour. Elle voit l'homme devant la grange. Apeurée, elle crie de les laisser, elle se met à genoux. L'homme se retourne, furieux, il la pousse à l'arrière de la voiture d'un coup de pied. J'observe mon père, courbé et abasourdi, il tient mon frère par la main. La voiture repart. Mon cœur s'arrête et quelques plumes marron et beige retombent sur le sol. Ils ont même volé nos poules. La porte de la maison reste ouverte. Je me blottis sous la paille jusqu'à ce que le soleil décline. Puis, je cours me réfugier sous le lit. Je m'endors. À mon réveil, la maison crie leur absence.

Le ciel se noircit, la lune se cache à nouveau, je m'approche de l'abricotier. Il me semble un géant aux bras multiples, m'invitant près de lui. Sur ses bras, de nombreuses petites boules sombres. La lune resurgit et fait scintiller les fruits. Je pose un pied sur l'écorce et grimpe sur son dos. Mes pieds retrouvent le corps ami, ils se glissent à tâtons et reconnaissent les encoches tant de fois parcourues. Mes mains s'accrochent. Je respire son odeur et ferme les yeux.

L'année dernière, c'était pendant le mois de juillet, ma tante était venue nous rendre visite. Elle habite à Kaboul. J'avais grimpé dans l'arbre sous ses yeux curieux et vifs. Ma mère et elle me cherchaient du regard, mon visage caché entre les branches, les feuilles et les fruits. Je saisissais les abricots avec aisance et les enfouissais un à un dans les plis de ma burqa. Je partageais avec ma mère un regard complice, j'avais voulu impressionner ma tante. Elle me demandait de redescendre à présent, certains fruits s'écrasaient et du jus coulait le long de mes jambes nues. J'en avais croqué un à pleines dents tout en redescendant à une main de l'arbre. L'autre retenant mon trésor fruité entre mes jambes.

Dans la cuisine, ma mère concassait les noyaux au goût d'amande et les mêlait à la chair sucrée des abricots. La confiture, encore chaude, dégoulinait de certains pots. La maison était imprégnée de son parfum.

Dans la nuit froide, je saisis les petites boules entre mes doigts et, affamée, j'en mange plusieurs à la suite, recrachant les noyaux entre mes doigts et les cachant dans mes poches. Ma tante va venir me chercher. Elle est en route. Je vais entendre le son du moteur de sa voiture, elle va me prendre dans ses bras et on s'enfuira toutes les deux.

Je sens le regard de la jeune réalisatrice posé sur moi. Je ressens sa tristesse et sa curiosité. J'attends qu'elle me pose la question. La question à laquelle elle connaît la réponse. Plusieurs secondes s'écoulent. Elle se lance.

« Elle est venue ?

— Non. Jamais. » répondis-je.

Mon regard se fond dans le sien. J'essaie de ne pas laisser l'émotion me submerger. J'essaie de sourire. Je ne sais pas si j'y parviens, mon visage tremble et se crispe dans une grimace effroyable. Je retiens la vague. Comme une actrice, filmée en gros plan, chaque mimique, chaque clignement de paupière fait sens, je sens chacun de mes traits capté et enregistré par l'œil mécanique de la caméra. Est-ce que mon image me ressemblera ? J'essaie de ne pas baisser les yeux, de garder la tête haute et de maintenir le regard. Ses yeux sont d'un bleu marin mêlé de pépites d'or, je serre mes mains l'une contre l'autre. Si les larmes commencent à couler je ne pourrai plus les arrêter. Je les retiens à l'intérieur, elles sont un fleuve de larmes emprisonnées. Si elles sortent, je me noie. Enfin, elle rompt de sa voix frêle ce silence qui me paraît éternel.

« Comment avez-vous fait ensuite ? ».

Je m'éclaircis la gorge, ma voix poursuit le récit toute seule comme une boîte à musique. Ces mots que j'ai tant de fois prononcés qu'ils ne m'appartiennent plus.

« J'avais mangé tous les abricots de l'arbre et elle n'arrivait toujours pas... J'ai attendu, encore. Puis j'ai saisi les immenses ciseaux de couture de ma mère. Je me suis regardé dans le miroir et j'ai coupé mes cheveux le plus court possible, les boucles noires tombaient sur le sol et se répandaient autour de moi comme un tapis de pétales.

J'ai reconnu mon frère dans la glace, il m'a souri.

J'ai enfilé plusieurs couches de ses habits, elles portaient encore son odeur, ça sentait le poivre, le soleil et la sauge. Et je suis partie dans la nuit. J'ai refermé la porte à clé derrière moi. J'ai marché le long de sentiers pendant des jours et des nuits, me cachant lorsque j'entendais des pas ou des échos de voix. Tout me paraissait hostile et menaçant. J'ai traversé la montagne. La nuit, j'épiais et je volais dans les fermes que je rencontrais sur ma route, des œufs que je mangeais crus, des fruits attrapés dans les arbres et parfois je me nourrissais de racines. J'avais emporté un livre de poèmes dans mon sac, j'en lisais chaque soir avant que les ténèbres n'avalent toute la lumière. Je dormais dans les granges, me réchauffant près du corps des animaux ou alors je creusais un trou sous les arbustes pour m'y blottir. Quand, un matin, une femme m'a découverte, au fond de mon trou. Elle se tenait au-dessus de moi et elle portait le livre entre ses mains. Je devais ressembler à un animal blessé. Elle l'ouvrit lentement, lut quelques vers en silence et me regarda à nouveau, je perçus son étonnement, elle avait le visage doux et rond, quelques rides au coin des yeux, elle m'a lavé puis m'a donné des habits propres. Je ne sais pas depuis combien de temps je suis partie de chez moi. Je lui parle de ma famille, des hommes qui sont venus, de ma tante qui vit à Kaboul.

Elle lance des recherches, en parle autour d'elle, mais rien. Comme s'ils n'avaient jamais existé. Un matin, elle m'emmène avec elle, elle connaît une association qui va m'aider. Je leur raconte mon histoire, encore une fois, les souvenirs se brouillent. Ils me proposent d'aller étudier en France, alors j'accepte.

— C'était il y a combien d'années ? me demande-t-elle.

— Vingt-cinq ans.

— Qu'est-ce que vous faites maintenant ?

— Quand je suis arrivée à Paris, j'ai étudié la littérature. Je me suis plongée dans les livres pour me noyer dans les histoires des autres et pour essayer de comprendre d'où vient le mal. Depuis un an, je suis en train d'écrire un conte pour enfants. Ça commence par : Il était une fois, dans un jardin merveilleux, un abricotier... ».